百年好合

滕肖澜 著

上海文艺出版社

目录

百年好合
001

咕咾肉
029

奶妈
065

去日留声
100

百年好合

魏小莲与几个同学坐在火锅店里,隔着玻璃窗,远远地看见蒋遥奔过来。这么大的雨,居然也不带把伞。衣服全湿透了,黏在身上。裤脚卷得老高。头发稀毛痢痢。秃顶油光锃亮。魏小莲当然晓得蒋遥不是帅哥,可眼前的他,比平时要难看得多,狼狈,甚至有些猥琐。同学问她,怎么你男朋友还没到?她没好气地嘴一咴,"不是来了?开门进来的那个。"

买单时,蒋遥拿着账单皱眉研究半天,"冰橘茶不是送的嘛,怎么会多出来一瓶?"服务员小妹解释冰橘茶只送女士,男士不享受。蒋遥道,这点你们广告上没写清楚。小妹拿过桌上的餐牌,"看到吗——'女士来店一律送冰橘茶'。"蒋遥哎哟一声,"帮帮忙,'女士'两个字写得比蚂蚁还小,你们这是存心欺骗顾客。你们经理呢?"小妹面无表情地转过身,大声道:"经理,有人找!"

魏小莲缩在座位上,不说也不动。她晓得蒋遥这个人,越劝越来劲,人来疯,索性由他去。几个同学朝她看,笑笑。她也报以微笑。蒋遥把冰橘茶搞定后,将湿纸巾往小妹面前一推,"喏,退掉。"整桌人只有他没用湿纸巾。魏小莲听到旁边两个同学小声道,"早晓得我也不用了——"

同学聚会是上周定下的。大家让魏小莲把男朋友带来。魏小莲不愿意,说凭什么我一个人带,要带一起带。大家便说，我们的你早见过了，现在轮到你那位登场了，让我们品评品评。魏小莲嘴碎，好朋友的男朋友，都被她一个个评头论足，这不好那不好。大家是准备报仇的。还说如果魏小莲不把男朋友带来，将来她们就不参加她的婚礼。当然这是说笑。都是好得不能再好的老同学了，主要是图个热闹。

一直到离开，老同学们都没有发表意见。一个个客气得就像是三十年没见面似的，你好我好大家好，斯斯文文含含蓄蓄的。魏小莲晓得答案已经很清楚了。没有意见就是意见多多。都不晓得说什么好了。六十分还值得一说，三十分说个屁啊？

她后悔不该让他订饭店。明晓得都是女孩，订"港丽"或是"代官山"多好啊，环境好，食物也精致。他偏偏挑了火锅店。火锅店也就罢了，像"豆捞坊"那种也不错，他却选了一家门面很旧的，走进去便是一股烟火气，桌上的油腻有半寸厚。周末晚上本来就难订位，等她发现，再打电话去别的饭店，都说没位了。吃饭时，他一块羊肉嵌进牙缝，居然就那样大大方方地拿指甲去剔。同学都假装没看见，魏小莲脸红了，在桌下踢他脚，他很茫然地朝她看，问她做啥。她只好微笑着递过去一根牙签。他说，我不习惯用牙签，指甲剔更舒服。说着呸的一声，吐出一小块羊肉。魏小莲那一瞬想死的心都有了。眼前都冒金星了。

蒋遥居然还问魏小莲，他晚上表现如何。魏小莲觉得这人没心没肺已经到了一种境界了。不是笨蛋便是疯子。她向妈妈发牢骚。妈妈说，笨蛋也好疯子也好，都是你自己挑的，又没人逼你。魏小莲咬牙切齿地道，没错，是我自己挑的，我也是笨蛋加疯子。

魏小莲与蒋遥是相亲认识的。那天约好六点在星巴克。因为塞车，魏小莲迟到了半小时。蒋遥丝毫没有表现出不开心。这点让魏小莲比较满意。说明他很有绅士风度。虽然长相是马虎了些,三十二岁的人,看上去至少有四十岁。但长相能当饭吃吗?魏小莲前面那个男朋友,高大英俊,像极了港片里的吴彦祖,可却是金玉其外败絮其中,趁魏小莲去国外出差时偷吃,被抓住了还振振有词,"男人呀,都有那种需求的,但这不代表我不爱你。"魏小莲看准了这种男人不是结婚的适合对象。她以前谈恋爱也不是以结婚为目的,但年纪一点点上去,想法就变了。不为自己,也要为父母。人毕竟不是活在火星上。从高中开始,谈了十来年恋爱,五个男朋友,该浪漫也浪漫了,该激动也激动了,大起大落后总归要回复平静。是时候考虑结婚了。

　　蒋遥便是这时候出现的。魏小莲爸妈本来还担心女儿依然是以前那套路数,不停劝她,不要云里雾里,要实惠,要找个会过日子的。直到女儿把蒋遥领进门,又觉得她是矫枉过正了——蒋遥身高不到一米七,除了两鬓仅存的几撮头发,基本已属秃顶，和魏小莲站在一起，不像男女朋友，倒似叔叔和侄女。头次上门，居然只带了两瓶老白酒，还是自家酿的。蒋遥是崇明人，说话一口一个"哈"，问他吃不吃水果，他说"拗吃"，乡土气息很重。他走后，魏小莲爸妈问女儿，看上他哪一点。魏小莲回答，"工作稳定，为人本分，有一定的经济基础。这难道还不够吗？"

交往没多久，蒋遥就提出，是不是可以开始装修房子了。他那套松江的两室一厅，空关了两年，如果明年结婚，差不多该装修了。魏小莲觉得没什么不可以。可她父母认为松江太远了，即便通了地铁，交通也是个问题。不如把房子卖掉，换套市区的，面积小一点也没关系，关键还是要方便。魏小莲把这层意思跟蒋遥说了，蒋遥一口答应，立马把房子卖了，换了套普陀区的小两室。装修的费用也丝毫没向魏小莲提及，一手全包了。找装修队，讨价还价，一系列的杂事，都由他一人搞定。魏小莲父母觉得，好像稍微急了些，毕竟才认识没多久。太务实了些。魏小莲却认为务实很好，本来就是为了结婚嘛，直奔主题，很好，很实在。

本来是一百分满意的，可日子久了，问题就出来了。除了开始的几次约会，是在外面吃，后来几乎都是去他那里，离他单位不远的一间租屋，十来个平方，没有煤卫。他下了班，和她约在附近的菜场，两人一起买菜，然后回家。

他用电磁炉烧菜，手艺还算过得去。起初她觉得有趣，是另一种情调。可他烧来烧去便是那几个菜，番茄小排汤，土豆丝，炒什锦。有时候她觉得麻烦，建议他买点熟菜，或是外面吃算了。他说外面用的都是泔脚油，家里吃又健康又实惠。本来嘛，是他下厨，她最多只是洗两个碗，也不好多说什么。可他居然想教她烧菜，"你试试看，其实很简单的——"这样性质就完全不同了。不当煮饭婆，是她一直以来的原则。两个人收入又不低，你不烧，那请钟点工好了。他也不坚持，只是絮絮叨叨，说这也是家庭生活的乐趣，夫妻俩边烧饭边聊天，多有情趣。他在那边憧憬，她却丝毫提不起兴致。适合结婚的男人，她安慰自己，也许是这样的。人无完人嘛。

再下去，她又发现他小气得过了分，对自己也就算了，可对未来的丈人丈母娘怎么能这样呢？头次上门的那两瓶老白酒，魏小莲替他遮掩了过去，说崇明人上门就兴这样，是老传统，崇明老白酒，有名的呀。可他便是有这本事，每次上门都是两瓶老白酒，雷打不动。魏小莲对他说，我爸爸有高血压，不能喝酒的。她以为这下他肯定拎清了。谁晓得下次他居然带了两罐乐口福。还学周立波的口吻，"调一调，调一调——"魏小莲真怀疑这人是不是存心不想谈了，不把她爸妈当回事，也就是不把她魏小莲当回事。后来有一次，他公司领导受伤住院，他去探病，竟也只带了一罐乐口福。被她死活拦下了,说你还不如不送,小心被人家踢出来。她才晓得,这人小气的毛病已经深入骨髓了。他向她解释,他爸早逝,是他妈一手把他拉扯大的,小时候家里经济条件不好,节俭惯了。她表示理解。可又想,小时候再穷,也不至于现在这样啊。她爸妈小时候还经历过三年自然灾害呢,现在不照样整天大鱼大肉的买菜,一家三口还时不时地上馆子改善生活呢。奢侈自然不好,可太节俭,好像又有些那个了。也不是过日子的样子。

与他交往半年,当中度过了国庆节、圣诞节、元旦、春节、情人节。除了第一个国庆节,去西堤牛排吃了九十八元的套餐。此后照例是家里蹲庆祝。番茄小排汤,土豆丝,炒什锦。元旦和春节也就罢了,圣诞节和情人节那样西式的节日,他居然也不晓得稍微搞些情调。送束花什么的。

魏小莲想到"情调"两个字,便想打自己嘴巴。说好要务实的,怎么又想起这个来了。前面那几个男朋友,哪个不是搞情调的高手?男人嘛,就那点花样。送你点小甜头,盼得些大好处。她魏小莲又不是那种傻傻纯纯的小女孩子,该经历的都经历了,要返璞归真。要务实。她把"务实"这两个字在脑海里默念无数遍,催眠似的。倒也慢慢平静下来了。

她约同学出来喝咖啡,说上次招呼不周。同学都说魏小莲你怎么突然客气起来,主要是聚聚呀,又不是为了吃。——言下之意就是那餐确实吃得不怎么样。那天蒋遥也实在糟糕,点的都是特价菜。那样档次的饭店,再搞个特价菜,会是什么品质可想而知。她倒希望同学评论一下蒋遥,哪怕是不好听的话也没关系。可同学们照例是一句不提。就像没见过这个人似的。

魏小莲忍不住了,主动问她们,"你们觉得这人怎样?"同学都说"蛮好""不错"。一个稍微老实点的同学说"马马虎虎",想想又加了句"蛮会过日子的"。魏小莲都有些气馁了。不知不觉便说了些后悔的话，说这种男人真没意思，跟他在一起，就像跟五十多岁的人谈恋爱似的。这话有抛砖引玉的作用。接着，同学群起而攻之，来势汹汹。她们说，"要卖相没卖相，要风度没风度，无非就是个国企的小科长，钞票也多不到哪里去。家庭状况又一般。魏小莲你到底看上他哪一点啦？真替你不值。"魏小莲只好苦笑。

晚上照例是在菜场碰头。他兴致勃勃地问她，想吃什么。她没好气地说，我想吃燕鲍翅，你会做吗？做来做去就是那老三样。他说，燕鲍翅我不会，但不至于只有那老三样。吃厌了你早说嘛，我还会做河鲫鱼汤、虾仁炒蛋和蚝油西蓝花，今朝给你尝尝鲜。说完便拉着她去买河鲫鱼。魏小莲很不客气地甩掉他的手。他有些愕然地朝她看。"怎么了？"他道。她说今天想去金钱豹吃自助餐。他犹豫了一下，说，好，那走啊。

吃完饭,她面无表情地看着他拿信用卡买单,然后提出要去大上海时代广场逛一圈。他说好啊,那就坐地铁过去吧,她二话不说招了辆出租。到了那里,她买下一只Coach的斜挎包,两千块不到一点。其实她看中这只包很久了,原本打算让同事在美国带。他应该是挺想不通,这个像公交车售票员挂在胸前的小布包,为什么会那么贵。对着价格牌看了半天。魏小莲嘴一呶,示意他去付钱。她觉得自己已经很客气了,只是买个小挎包,而且还是Coach这种二线品牌。如果是Gucci、LV,或者Prada,他也许会看着价格牌晕过去。魏小莲目的不是为了敲他竹杠,只是适时地敲敲警钟,男人就像小孩,定期要修理一下,否则就会走岔路。她魏小莲当然不是拜金女,但也绝非无知妇孺,偶尔吃顿小杨生煎就会手舞足蹈的那种傻女人。一星期可以吃六天老三样,但至少要腾出一天来,上个馆子,看个电影,逛个街什么的。这才是生活。这些魏小莲一时半会儿跟他说不清楚,逼急了他多半又要唠叨幼时的苦难史,那就没意思了。魏小莲现在不用"言传",直接"身教"。上什么档次的饭店,逛什么档次的商场,今天晚上便是最好的教程。

他付完账回来,问她"喜欢吗"。她说,不喜欢干嘛买它?他点头,说,喜欢就好。她偷瞥他的神情,好像没有什么异样。她坐地铁回家。他说要送她。她很体贴地说不用,明天还要上班呢,一来一去就晚了。回家后,她向爸妈展示那只挎包,爸妈都说小气鬼转性了。又问她肚子饿不饿,饿的话冲杯乐口福吃,"调一调——"魏小莲晓得爸妈是在笑话她。家里的贮物柜里摆满了蒋遥送的乐口福。爸妈说早几年都不吃这玩意儿,现在生活水平上去了,反而天天要吃一杯,"送人嘛不好意思,扔掉又舍不得,只好硬着头皮吃——"妈妈说下次居委会组织捐东西,就把家里的乐口福统统捐出去。魏小莲说,你们啥意思啦,看不起人啊。爸妈都笑,说,我们怎么看不起人啦,我们是替你开心,找了个会过日子的男人。

连着几天,蒋遥依然约她在菜场见面。老三样成了新三样。河鲫鱼汤、虾仁炒蛋和蚝油西蓝花。见她闲着,照例又会撺掇她来学烧菜。她说不要。他不坚持也不生气。只是下次又会继续唠叨。至于去外面吃,她如果提出,他一般都会响应。但无论如何不会主动提出。买奢侈品也是如此,她提出,他不反对。但她永远也别指望他会来个突然惊喜,在特殊节日变戏法似的掏出一个包装精致的礼袋,面带微笑说,"达令,送给你。"——那是妄想。

魏小莲觉得,这男人像个棉花包,一拳打过去,软软的不受力。让人无计可施的那种。相比之下,她以前那些男朋友,虽然一个个看上去精明能干,反倒要容易对付的多。

她见过他妈妈几次,他妈妈不太会说话,每次翻来覆去便是,"蒋遥一直说你很好——"满桌的菜,三个人便是吃三天也吃不完。吃完后她抢着洗碗,她妈妈都死活不让,让蒋遥陪着看电视。一会儿又拿了水果过来,问魏小莲,你爸妈都好?魏小莲说,都好,谢谢。她对儿子道,带小魏去你房间坐坐嘛。蒋遥带魏小莲去他房间。墙上贴满了他读书时的奖状,从小学到大学。什么科目都有。居然还有一张全市大学生跆拳道二等奖的奖状。她朝他瞟了一眼,道,看不出啊。他道,高手都是深藏不露。她道,怪不得你妈让我来你房间坐,她不好意思当面夸儿子,所以让我自己进来看。他道,我妈觉得我综合分太低,怕你嫌弃,想帮我拉一拉分。他很少开玩笑。魏小莲朝他看,嘿的一声,道,蛮幽默的嘛。

  新房装修进行得如火如荼。蒋遥每天上班前去一次,中午再去一次。他公司离新房不太远,但一来一回也要半个多小时。他想请年休假,可公司事情太多,领导不批。魏小莲倒是有假,准备和几个同学去香港购物。她以为他会阻止她,让她去新房当监工。可他一个字也没提。

她倒有些不好意思了,说香港购物等春节时去也行。蒋遥想也不想,便说"好啊,麻烦你了"。魏小莲觉得自己是中了这个男人的计了。他是以退为进,狡猾得很。她正在后悔,他又道,算了吧,你一个女人家也不方便,还是我自己去算了。玩得开心点。魏小莲一点儿也不承他的情,觉得这男人还是狡猾,存心让她内疚,一波三折的。"那怎么好意思啊,一点忙也帮不上——"她故意道。他老老实实地道,"只要你在那边买东西实惠一点,就算帮大忙了。"魏小莲心里哼了一声,想,小气鬼果然还是小气鬼。

她在香港给他带了条BOSS的领带。他问多少钱。她少报了一半价格。他皱着眉头说,太贵了。她暗自好笑。她把在香港买的东西一一向他展示,手袋、化妆品、首饰。他看了,说,蛮好。她说,都是打折的,不打折我不买的。他点了点头,强调道,蛮好,真的蛮好。魏小莲忽然觉得这男人也挺可爱。问他晚上吃什么。他问,你想吃什么?她想了想,说,那就还是老三样吧。两人买菜回来,她坐在客厅里,看他在厨房忙碌。走过去,问他,要帮忙吗?他让她剥虾仁。她搬个小板凳坐下来,拿两个盘子,一个放虾,一个放虾仁。她看他系着围裙,很熟练地把洗净沥干的河鲫鱼放进油锅。哧的一声,油烟四起。她拿个保鲜袋包住头,怕弄脏了新洗的头发。他朝她看了一眼,笑笑。她嗔道,看什么看,你以为人人都像你啊,没几根毛,也不怕被弄脏。

星期天,她陪他到新房监工。装修两个月了,她还是第一次过来。工人刚铺好瓷砖。蒋遥检查了一遍,说有两块没铺平,要重新来过。跟工人讨价还价了半天。魏小莲坐在门口台阶上看报纸。整整一个上午,看完了三份报纸。蒋遥出来探过她两次，见她很认真地在看报纸，便又进去了。魏小莲觉得他对自己像是爸爸对女儿，只要乖乖别闹事，就很好了。压根不指望别的。

回去的路上，蒋遥冷不丁对她说了句"今天有你陪着，感觉真好"。魏小莲鸡皮疙瘩都起来了，第一感觉是，这家伙不是说反话吧。她可什么都没干啊。但看他神情，又好像是真的。蒋遥接着又来了句"平常都是孤零零的，像一只羊进了狼群，今天有你在，跟那帮家伙理论时，胆子都大了许多"。魏小莲嘿的一声，想这男人拍马屁怎么听上去那么别扭啊。心里暖了一下，说，那下礼拜天再陪你过来。话一出口，便有种"上当"的感觉，想，到底还是中了这男人的计。

年底，新房装修好了。她请一帮同学过去参观。顺便把请柬给她们。同学都说，魏小莲，你真的要结婚啦？她道，都三十了，该结了。她们又问，真准备嫁给这个男人了？她反问，不嫁给他，你们当我吃饱了撑的,过家家玩啊?她把结婚照拿出来。她们看了,都说她本来黑黑瘦瘦,上相圆润了许多,显得更年轻了。魏小莲得意洋洋,说摄影师夸她长得像张曼玉,镜头感也很好。同学道,你老公好像长高了。魏小莲说,脚下垫了木块,摄影棚里有的是,看到哪个男的比女的矮,就送上去——头发也是假的呀,你们看不出来吗?是假头套。同学都笑,说,我们还以为他去植过发了呢,挺好,也年轻多了。你们真是很配的,天生一对。

魏小莲爸妈带女儿去买床上用品。床上用品照例是女方买的。魏小莲看中一套喜来登的四件套,两千多三千不到。爸妈犹犹豫豫,说这套东西看上去普通得很啊,怎么这么贵?魏小莲说是澳洲进口货,名牌,所以要贵一些。爸妈说她,什么都要名牌,连床单被套也要名牌。你呀,挑老公怎么不挑名牌的?魏小莲晓得爸妈一直不喜欢蒋遥,平常都忍着,现在话说到这分上,已经是很重了。爸妈又说从小把她宠坏了，什么事都是自己拿主意，别人的话全听不进去。魏小莲说蒋遥这个人，"除了长得丑点，其他都还过得去。"妈妈说，将来你们生女儿也就算了，要是生儿子，铁定也是个秃子。传男不传女的。魏小莲笑道，那就生女儿，儿子生出来立刻扔到马桶里。

婚礼前几天，魏小莲爸妈到女儿新房帮忙布置。大红喜字、子孙桶、中国结。还有早准备好的红枣、花生、桂圆、莲子，包成一小袋一小袋，被窝里塞得满满的。氢气球一个个顶在天花板上，丝带飘飘扬扬地垂下来，五颜六色很是鲜艳。

魏小莲爸妈瞥见墙上两人的结婚照，驻足看了一会儿。魏小莲嬉皮笑脸地问，是不是很配？爸爸嘿的一声，"我看不怎么配——天底下没人配得上我女儿。"魏小莲听出这话里的伤感，道，那就不嫁了，一辈子待在家里。爸爸道，我当然想你一辈子待在家里，可不行啊，女大不中留，留来留去留成仇。还是嫁掉算了。妈妈在一旁抚着女儿的背,感慨道,"刚生出来的时候才一点点大,小老鼠似的,现在已经要出嫁了。眼睛一眨,小老鼠变新娘子了。"

蒋遥下班回来时,带着刚买的小菜,说要让爸妈尝尝他的手艺。他系上围裙去厨房,魏小莲也跟着进去,帮忙择菜。魏小莲爸妈见了,想女儿平常十指不沾阳春水的,现在俨然一个主妇的模样,更是感慨。吃饭时,魏小莲妈妈夸蒋遥手艺不错,"看不出呀,你一个大男人——"蒋遥胸一挺,道,"姆妈,我小学一年级已经会煎荷包蛋了,初中毕业就会烧三菜一汤。你们把小莲嫁给我,就放一百二十个心吧,吃饭问题绝对不用愁。"魏小莲爸妈连连点头,说,蛮好蛮好。魏小莲在桌下拿脚趾甲去戳他脚背。又朝他做怪腔。他拿脚尖呵她脚底。她忍不住咯咯笑起来,脚一撞,桌子差点掀翻。魏小莲爸妈只当没看见,想,吃饭时候还要耍花枪,死腔样子。

婚礼那天，天气预报是小雨转多云。早上还淅淅沥沥下着雨。魏小莲妈妈说一晚上雨没停，害她担心都没睡好。爸爸说这有什么关系，"下雨也好，有财有势（上海话，音'有溅有水'）嘛。"一会儿亲戚们陆续来了，见到化好妆穿上婚纱的魏小莲，都说像洋娃娃，雪白粉嫩的。十一点整，接新娘的花车到了。蒋遥在大门外被几个阿姨妈妈挡着，嘻嘻哈哈刁难了半天。好不容易塞够了红包，总算是过了关。见到了新娘子。魏小莲瞥见他被整得汗流浃背，油头粉面，头顶更显得亮晶晶。趁他坐下来，在他耳边轻声道，"辛苦你啦。"他回道，"为了接老婆，一点也不辛苦。"

旁人端上莲子红枣汤。让新郎喂新娘，问新娘，"甜吗？"新娘嗲嗲地道，"甜的。"新娘再喂新郎，也是一样的问题。蒋遥逼尖喉咙，道，"甜的。"惹得大家一阵笑。接着是新郎新娘给父母敬茶。魏小莲爸爸接过茶，对蒋遥道，"好好待我女儿。"蒋遥很郑重地点头，"爸爸放心。"魏小莲妈妈对女儿道，"嫁人了就是大人了，以后要更加懂事。"魏小莲鼻子忽有些酸溜溜的，点了点头。

中午时分，果然转晴了。太阳很调皮地露出个小脸。鞭炮声中，新郎新娘下了楼，坐进花车。车子缓缓开动，魏小莲望着窗外的爸妈，那一瞬，竟差点落下泪来。以前在电视上看别人出嫁时会哭，都觉得傻，又不是嫁到新疆，哭什么。现在轮到自己头上，才晓得真是很难舍的。陡的像被抽去筋似的，一下子空下来，没着没落的。蒋遥在一旁道，"老婆，坚强点。"他不说还好，这么一说，顿时把她拼命忍着的眼泪全惹了出来。魏小莲只好拿花挡着，背对着镜头。"蒋遥我跟你讲，"她咬牙切齿道，"以后你要是敢欺负我，我就扒你的皮，抽你的筋——"蒋遥抽出纸巾递给她，"老婆，擦擦眼泪。镜头看着呢。"魏小莲只好瞪他一眼，把眼泪擦干了。朝旁边跟着的摄影车露出笑容。

婚宴设在浦东的洲际酒店。是蒋遥妈妈坚持的。说一生才一次婚礼，不能委屈人家女孩子。四千多元一桌，摆了十五桌。男方那边亲戚少，派了辆大巴到崇明去接。酒店就在地铁站旁边，交通很方便。迎宾时，蒋遥带了几位男方的亲戚过来，让摄影师拍一张合照，"我爸去世后，大家就很少见面，"他对魏小莲道，"趁今天这个机会，拍一张全家福。"他向魏小莲一一介绍，大伯父、大伯母、二伯父、二伯母、姑妈、姑丈。蒋遥父亲排行最末，这几位亲戚都已白发斑斑，完全是老人模样了。魏小莲听他们翻来覆去地对蒋遥道"好好过日子——"，蒋遥则像个孩子似的，一口一个"哦"。

他对魏小莲道，我大伯母夸你漂亮又懂礼貌，像个好老婆的样子。她反问，好老婆是什么样子？他很认真地道，就是你这个样子咯。魏小莲朝他看，皱眉道，我发现你最近越来越滑头了，是不是把我娶到手了,真面目就露出来了?他连连摇头,道,我永远只有一张面孔,坚决不搞两面派,婚前婚后一个样。她嘿的一声,问他,以后家里谁烧饭?他指指自己胸口,道,我。她又问,谁负责打扫卫生?他道,我。她问,那我呢,干什么?他道,你想干什么就干什么,随你高兴。她朝他看了一会儿,道,你啊你,绝对是个两面派。

婚礼开始。新郎新娘进场,祝辞。魏小莲爸爸作为双方父母代表讲话。大约是紧张的关系,魏小莲爸爸搞党政工作,平常很能说会道的一个人,上台居然有些怯场。原本准备脱稿的,临了又忘词,只好偷偷摸摸地把手稿拿出来看。引得台下一阵笑。好在他到底是老江湖,一会儿便调整过来,声情并茂地,"——每个子女都说要孝敬父母,要对父母好。可子女对父母再好,始终也比不上父母对子女的千分之一万分之一。这个道理,等你们将来有了小孩就会明白的。父母对你们没有别的期望,只要你们过得好过得开心,就是对父母最好的报答了。"

魏小莲看到妈妈在台下坐着,眼里隐隐含着泪光。还有蒋遥的母亲,以及他的伯父伯母们,眼睛都湿湿的。魏小莲从来不是一个与父母很贴心的女儿,可是这一瞬,她好像真的能与他们心意相通。她想起她高中时,父亲把她的初恋对象从家门口轰走,嘴里嚷着"小赤佬,不好好读书,整天搞七捻三——",那刻她真是恨死爸爸了。叛逆期时,她故意穿超短裙和松糕鞋气爸妈,很没有规矩地叫他们"老头老太"。她的每一次恋爱,他们都不满意,嫌这嫌那。每次分手,如果是别人甩了她,他们便安慰她"天涯何处无芳草";如果是她甩了别人,他们便一口一个"就算嫁不出去,也不好嫁给那种瘟生,你做得对,我们支持你"。好像,不止是蒋遥,其实他们对每个上门的小伙子都不怎么热情。那时她还觉得他们不给她面子。现在才晓得,其实他们是舍不得。就像爸爸那天说的——"天底下谁也配不上我女儿"。若不是年龄一天天大上去,都说城市里女多男少,按比例两个女的抢一个男的还不止。否则他们才舍不得她。没办法,人人都要经历的。结婚生子,组建一个新家庭,将来若是生女儿,便又要伤心一场,偿父母当年的债。魏小莲想,还是生儿子算了,秃头就秃头,骗人家的女儿,怎么都不吃亏。

魏小莲鼻子又酸了。她想今天是怎么了,这么多愁善感,王熙凤成林黛玉了。

新人切蛋糕时,出现了一段小插曲——有个四五岁的小女孩晃晃悠悠地走到台上。她应该是想捡那些飘洒在地上的彩带,所以才调皮地离开了父母的掌握。主持人随机应变,问她,"小妹妹,你是不是想吃蛋糕啊?"她使劲地点头。主持人便让她说一句祝福新人的话。"说了就给你吃蛋糕,好大一块蛋糕。"

女孩有些害羞,卡在那儿。她父母在台下做着口型，提醒她。"百——"女孩结结巴巴地，"百——年，嗯，百年——"她在台上抓耳挠腮，她父母在台下干着急，那句成语就在嘴边，女孩偏就是说不全。宾客都一个劲地笑，见那女孩憨态可掬，肥肥白白的手指含在嘴里，脸涨得通红。

女孩终于想起来了，用稚气未脱的声音说道：

"百年——好合！"

女孩拿着蛋糕，扑向父母的怀抱。音乐声中，新郎新娘交换戒指，亲吻。宾客为他们鼓掌喝彩。婚礼在这一瞬进入高潮。舞台正中白色的流苏飘飘洒洒，像延续了千年的幔帏。那句"百年好合"，传了几十个世纪。人类周而复始的盛典，承载着甜蜜、希望与责任。如同瑰丽的宝石，镶在人心深处，照亮城市的夜空。一百年、一千年、一万年——只要有爱，这光芒总也不灭的。

——原刊于《中国作家》 2010 年 10 月

咕姥肉

这是个很小很小的岛国。

四周是无边无际的大海,从地图上看,像在水里投了一粒芝麻。岛上气候四季如春,物产丰富。很久以前,当这里还是个荒岛时,一群不知从哪儿来的人漂泊到此,打鱼,砍树,种田,一代一代地繁衍下来。他们有勤劳的双手,还有与生俱来的智慧。一年年过去,荒岛变良田,成了肥沃的家园。

土地变了样，房子变了样，食物变了样，衣服变了样……人的心也跟着变了样。太阳升起来，又落下去，月亮升起来，又落下去。渐渐的，他们胸腔里跳动着的，不再是渔民的心、樵夫的心，也不再是农夫的心——变成了猎人的心。拿着武器，捕猎比自己弱小的生物。包括人。他们无师自通地懂得"优胜劣汰"这个道理。勤劳和智慧是猎人锐不可当的帮凶。几十年前，有人在小岛东南的山头发现一个泉眼。这不是普通的泉眼。里面的泉水，经过几百亿年的地下自然净化，含有丰富的矿物质和微量元素，喝了可以延年益寿，比石油还珍贵——泉眼成了金矿，采之不尽。于是，猎人们把捕猎升级为战争，用轰炸机、冲锋枪，还有核武器。战争延续多年，最终以一方胜利而告终，猎人头目成为岛国的总统。失败的那方转为地下，三十年来，从未停止过反击。这个国家，像一个身体不大好的人，时常会生些小病，过一阵子好了，再过一阵子又生病了。好了又病，病了又好。这么反反复复，有了些免疫力，却总是不踏实，提心吊胆的。

咕咾肉是个男人的名字。四十来岁，没有结婚，也没有亲戚，一个人住一套房子。养一条沙皮狗。黄昏的时候，人们常见他倚着门，狗蜷缩在他脚下。夕阳的余晖洒在地上，再反射上去。人和狗，都镀上一层金色。神情也是一样的落拓。像幅色彩简单的画。他本来应该是有正经名字的，可他喜欢吃咕咾肉，喜欢得不得了。发薪水那几天，总要给自己弄碗咕咾肉吃。酸酸甜甜的味道，一直飘到邻居家的窗户里。渐渐的，人们忘了他原来的名字，直接叫他"咕咾肉"了。

咕咾肉在机场当巴士司机。是专门摆渡用的巴士。停机坪离候机楼有一段距离。登机时，巴士将旅客送到飞机边上。飞机落地后，再把旅客送到出口。咕咾肉中学毕业进的机场，干了有二十年了。小岛机场的客流量并不是很多，因此工作很空闲。

大部分时间，他总是安静地坐在那里，看窗外机坪上的飞机。一架飞机起飞了，很快的，另一架飞机又落地了。一架接着一架。发动机轰隆隆的声音让他的耳朵很不舒服，虽然戴着耳塞，还是感到鼓膜在震动。这几年他的听觉明显下降了，别人跟他说话时要扯着嗓子才行。上周，阿农让他去接一个备降的航班，他没听清，结果跑错了机位，航班延误了半小时。阿农是巴士组的调度员，脾气很坏，训起手下来像训灰孙子。他骂咕咾肉是天底下最笨的猪，还罚了他两个月薪水。咕咾肉不怕挨骂，怕的是两个月领不到薪水。没钱他就不能吃咕咾肉了。他要是有一阵吃不到咕咾肉，心里就会发闷、发慌。咕咾肉是个节省的男人。除了偶尔吃几顿咕咾肉，再抽上几根烟，便没有其他嗜好了。

每天上班前，咕咾肉先要到瞎眼老头那里买烟。瞎眼老头六十多岁，驼背，在楼前搭个香烟摊过活。瞎眼老头本来是有儿有女的。十几年前的一天，他们一家人去动物园玩，途中，公共汽车发生爆炸，是人体炸弹。妻子和一双儿女当场丧命，他的眼球被炸飞，成了瞎子。孤零零地活到现在。他似乎不懂得和气生财这个道理，相反的，对每个来买香烟的人都很凶，语气刻薄得要命，好像大家全欠了他的。因此生意冷冷清清。只有咕咾肉天天光顾他。咕咾肉笑眯眯地听他抱怨，诸如天气不好、屋顶漏雨、政府税收太高、电台节目太枯燥，等等。瞎眼老头一边絮絮叨叨，一边恶狠狠地扔过去一包烟，说："亲爱的老光棍，佛祖保佑你今天不会出车祸。"他信佛，初一和十五都在家里烧香。咕咾肉说声"谢谢"，把钱放在他手心里。他空空如也的眼眶，总是很倔犟地对着天空，脸上的表情一会儿愤怒，一会儿厌恶，一会儿鄙夷，好像周围的事情他全能看见。咕咾肉抽烟不多，一周才抽一包。大部分时候，他都会把瞎眼老头给他的烟放回去。他动作很快，然后说声"再见"，便走了。

冬季是旅游淡季，旅客更是少得可怜。有个航班居然只有五名客人。咕咾肉帮着把其中一个腿脚不便的欧洲老太太扶下巴士。老太太给了他五美金的小费。按规定司机是不能收小费的。咕咾肉瞒着阿农。如果被这人知道，那么接下去两个月他又吃不到咕咾肉了。巴士班没有人不怕阿农。事实上他们也不是没有报复过。阿农常把他的傻儿子带到机场玩。这个十五岁还经常尿床的小子，连一加一等于几都不知道，唯一感兴趣的事就是到机场来看飞机。他可以从早上一直呆呆地站到晚上，眼睛眨也不眨地看着窗外的飞机。阿农不知给了保安什么好处，保安居然睁只眼闭只眼。司机们到上级那里告阿农的状。阿农为此差点丢掉饭碗。可是很快的，傻小子又进来看飞机了。阿农半真半假地警告大家：谁再跟我过不去，我就卸他一条胳膊。谁也不会拿自己的胳膊开玩笑，何况阿农的姐夫是警察，得罪他对自己没一点好处。换衣服时，咕咾肉把五美金飞快地放进外套口袋。阿农冷冷地朝每个人看。目光扫过咕咾肉时,咕咾肉笑笑,打了个呵欠。

下班路上,咕咾肉经过珠宝店,想起红艳艳曾求他给她买一根珍珠项链。他走进去,看柜台里那些珍珠项链。太贵了,随随便便一条就抵得上他一个月的薪水。咕咾肉转了一圈,什么也没买。在离家不远的一个小铺里,他用五美金给红艳艳买了一根镀银的项链。店主问他,是送给妻子吗?他说,不,是情人。店主耸耸肩,笑道,噢,那你可真是有点吝啬了。你至少应该买一条纯银的项链。咕咾肉也笑了笑,说,虽然是情人,可是也跟妻子差不多。你知道吗,我们认识的时间足够生八个孩子了。

红艳艳当寡妇的年头几乎是她岁数的一半。当年她兴致勃勃嫁给一个木材行的小业主,以为能够一辈子衣食无忧，谁知结婚不到一年，丈夫就病死了，连个孩子也没有给她留下。她除了一张还看得过去的脸蛋之外，什么也没有。如果不是遇见咕咾肉，她多半已经是个妓女，靠出卖自己维生了。

红艳艳每月从咕咾肉那里拿一笔生活费。她在床上是个很不错的女人，相当的知情解趣。她给他做咕咾肉吃。她做的咕咾肉非常好吃，连饭店里都做不出她那样的滋味。所以咕咾肉就离不开她了。红艳艳的嘴唇有些厚，撒娇的时候嘴嘟着，常年涂着鲜艳的口红，很性感。她只要一嘟嘴，咕咾肉就知道她有事求他了。要钱，要衣服，要首饰。这些还不要紧。咕咾肉怕的是她缠着要和他结婚。咕咾肉不想结婚。很久以前，咕咾肉就对自己说，不能结婚，这辈子都不能结婚。他下这个决心的时候，胸腔里满是熊熊的火焰，炽热得很，壮烈得很，把所有东西都烧尽了。他是个随时待命的战士，从那以后的每一天，其实都是多出来的。都可能是他的最后一天。每天看见太阳升起来，他便要感谢老天爷。他还活着。

咕咾肉把镀银的项链拿出来，红艳艳先是惊叫一声，抢过去仔细看了看，立刻便失望了，说：亲爱的咕咾肉，我跟你说过，我要一根珍珠项链。咕咾肉说：这根你戴着会更好看的。红艳艳让他给她戴上，在镜子前照了照，说：我还是更喜欢珍珠项链。咕咾肉没有吭声，默默地坐到床沿上。看她鼓鼓囊囊的胸，还有红润饱满的嘴唇。眼里的意思很明显了。红艳艳叹了口气，说：你像是一个喂不饱的孩子。咕咾肉笑笑。红艳艳说：可你却不肯跟我结婚。咕咾肉还是笑笑。红艳艳看了他一会儿，抱住他，朝他嘴唇狠狠地亲了下去。与此同时，他的手也放在了她的胸口上。

咕咾肉和红艳艳躺在床上。红艳艳说：我爱你。咕咾肉没说话。红艳艳问他：你不爱我吗？咕咾肉耸耸肩。红艳艳伤心地说：

"我这么爱你,你却从来没有说过一句'我爱你'。"

咕咾肉拿起床边的书看。很快的,红艳艳睡着了。她的睫毛上有一颗泪珠。咕咾肉在她的睫毛上亲了一下,把那颗泪珠吻干了。咕咾肉把手从她颈下抄过去,搂着她。他静静地看着这个女人。胸口有什么东西在涌动。他确定——他是爱她的。咕咾肉长长地叹了口气。把灯关了。

第二天,咕咾肉看着太阳从东方升起,像个嫩红的咸蛋黄。又是一天了。他还来不及感谢老天爷,便在他的信箱里收到一封信。信封上什么也没写,只是印了一只老鹰的图案——老鹰的嘴是粉红色的,一边翅膀被绳子绑住。咕咾肉看到这个图案,便呆住了。像个木桩那样一动不动。他感到全身血液齐刷刷地向头顶涌去,不自觉地把拳头握紧——就像当年他和母亲在街头讨饭,几个地痞把母亲拖到巷口扒她裤子的时候。他也是这样握紧了拳头。那时他还是个十来岁的孩子。为了活命,他当过小偷,当过骗子,甚至用小刀斩断了一个女人的手掌。只因为那女人死拽住自己的包,不让他抢。那是小岛上最混乱的一段时期。

咕咾肉上次见到这个老鹰图案是在二十年前,他刚中学毕业,也是这样一个信封,里面写着他接下去应该做的事——去机场工作,熟悉机场环境,然后——待命,"STAND BY"。信件最后用了英文。咕咾肉没有权利选择。如果不是他们,他早就饿死了,尸体会冻僵在马路上。还有他母亲,被人轮奸后倒在血泊里的场景。他永远也忘不了。他恨极了,恨透了。给他饭吃的那些人,衣服上印着老鹰图案的那些人,告诉他:"这一切都是因为触怒了上天,总统是个魔鬼,他不该当总统,只有把他消灭,把他的王国消灭,一切才能恢复平静。"他们的语气有着咒语般的诡异,同时也充满了不可名状的力量。

四十岁的咕咾肉,再次收到了印有老鹰图案的信件。他拿着信快步回到家,把门反锁上。拆开信,他看到了里面的内容:

"三天后,将炸弹带进机场,交给一个坐飞机的人。然后——蒸发。"

咕咾肉看完信,点燃一根火柴把它烧了。

他坐在沙发上。从上午一直坐到晚上。连饭也没吃。沙皮狗在他脚边绕啊绕的,时而拿舌头吻他的脚面。他不停地抽烟。这一天里抽的烟,比他过去一年抽的烟还要多。抽得嗓子都发苦了。咕咾肉抽着抽着,忽然笑了。连他都不晓得自己为什么笑。不停地笑,笑得前俯后仰。笑得连眼泪也出来了。咕咾肉对自己说:老不死的,你只有三天的命了,你只能活三天了,看,这多好笑。你等了这么多年,现在终于要去死了。这一天终于还是来了,呵呵,呵呵,呵——咕咾肉笑着笑着,喉咙一下子干了,笑声戛然而止。

咕咾肉请了两天的假。阿农很不满意,对他说:你居然请假,人手本来就很紧张了,你怎么能——咕咾肉打断他道:你说得不对,现在是淡季,一天才七八个航班,人手一点儿也不紧张。阿农瞪着他:你是在跟我顶嘴吗?咕咾肉摇头,说:我没有跟你顶嘴,我只是在讲道理。难道你认为你讲的每句话都是对的吗,你又不是皇帝。就算是皇帝,也不会每句话都是对的。阿农看着他,两条眉毛竖起来。咕咾肉收拾东西要走。阿农在他背后大声道:喂,你是想造反吗?咕咾肉头也不回:别说什么造反不造反的,我说了,你不是皇帝。

咕咾肉到瞎眼老头那里买烟。刚巧下起雨来,瞎眼老头动作慢,来不及收摊,香烟全湿了。瞎眼老头抬头对着天空,用最难听的话咒骂老天爷。他的嗓音有些沙哑,像两根钢条在炉中碾过,发出哑哑刺耳的声音。雨越下越大,他全身衣服很快便湿透了,头发滴滴答答滴着水。咕咾肉撑着伞走到他身边。

他问:是谁?咕咾肉说:你好,我来买烟。瞎眼老头嘎声嘎气地说:难道你也瞎了吗?没看到我的烟全被雨弄湿了?咕咾肉说:拿回去在太阳下晒一晒,味道没什么两样。瞎眼老头问:你看到太阳了吗?咕咾肉笑了,说:没看到,可它早晚会出来的。

咕咾肉邀请瞎眼老头到他家里避雨。瞎眼老头问他:你家有酒吗?咕咾肉说:有,还有香喷喷的咕咾肉。瞎眼老头说:好,那就给你个面子。

咕咾肉从酒柜里拿出一瓶十几年的葡萄酒,倒了一杯给瞎眼老头。瞎眼老头尝了,说:味道还行。咕咾肉端了一盘咕咾肉出来,说:喝葡萄酒应该吃牛排,可你知道,牛排太贵了。瞎眼老头摆摆手,说:牛排留给那些天杀的有钱人吃吧,我们吃咕咾肉就可以了。不过,光吃肉有点腻,你能不能再弄点芦笋或者卷心菜?我虽然是个又穷又瞎的人,可我很注意营养搭配——再给我倒一杯酒。

瞎眼老头在喝下第四杯之后,脸色开始发红,鼻尖那里亮亮油油的。他说:"很久没喝这么好的酒了,托那些混蛋的福,这些年我只能喝最蹩脚的啤酒,像洗脚水一样咸不咸淡不淡的玩意儿。"

咕咾肉又给他倒了一杯。"喝吧,先生。只要你愿意,可以喝个够。"

"只有你还叫我先生,"瞎眼老头咂了咂嘴,说,"别人都叫我老瞎子,只有你,好心的老光棍,还叫我先生。你每天买我的香烟,可我知道,你从不把香烟带走,我虽然瞎了,可心里清清楚楚。佛祖会保佑你的,你一定会长命百岁。"

咕咾肉笑笑。

"为什么还不结婚呢?"瞎眼老头问他,"有个体贴的妻子会让你很快乐。"

咕咾肉还是笑笑。

瞎眼老头有些醉了，话越来越多，絮絮叨叨的。他回忆起十几年前那场爆炸。

"前一分钟还很安详，好像什么都不会发生，轰的一声，世界就完全变了。那声巨响我永远也不会忘记，几乎要把我的耳膜震裂了。我的眼珠像子弹那样飞快地射出去。我能感觉到。有什么东西掉在我身上，圆鼓鼓的，我的眼珠没了，只好用手摸，我摸到鼻子、嘴巴、头发——是人的脑袋。我的妻子，还有那对双胞胎儿女，我的宝贝，我甚至都不知道他们的尸体在哪里……我看不见，什么都看不见，从那天起我就成了瞎子、鳏夫、没儿没女的可怜虫——"

瞎眼老头说到这里，喉口发出低沉的咕噜噜的声音，像刷牙时拿水在喉咙口打转。他停下来，握着酒杯。他的眼睛，像是什么都看不到，又像是在狠狠地瞪着谁。咕咾肉看到他额头上的青筋，脸上肌肉在微微发抖。

咕咾肉按住他的手,轻轻拍了拍。

"就当是一场噩梦,"咕咾肉温言道,"已经过去了,一切都会好起来的。"

瞎眼老头痛苦地揪着头顶几根花白的头发。

"佛祖说,前世作了孽,今世才会受苦。那么,我今世受够了苦,把孽债还清了,下辈子是不是就不会再受苦了?"

雨停了,咕咾肉把醉成一摊烂泥的瞎眼老头送回家,扶到床上,替他盖上一条毯子。咕咾肉站着看了他一会儿,从口袋里摸出几张钞票,放在他的枕头边。

"我再也不能买你的香烟了。再见,我的朋友。"咕咾肉轻声道。

他走到外面,太阳露出大半个脸,阳光洒到湿湿的马路上,泛起金黄色的一点、一点、又一点。空气里含着温润的水汽,路边的花和草经过雨水的滋润,红的更艳,绿的更翠。咕咾肉买了份报纸,走进一个街心花园。

"我该干点什么呢?"咕咾肉琢磨。他只有三天的命。三天后,他就会像树叶上的雨珠一样,蒸发,消失。从此人们将再也看不见他。他们会渐渐忘了这个喜欢吃咕咾肉的有点傻乎乎的男人。红艳艳也许会哭得挺伤心,但哭够了,她会把自己打扮得更漂亮,去找新的男人。这很正常。她要活下去,就必须这么做。

咕咾肉在长凳上坐下。这时他看见一个高个子男人走过来。他边走边四下里张望,像是在找人。咕咾肉见到他手里的包裹,心跳开始加速。与此同时,男人也看见了咕咾肉和他手里的报纸。男人没有迟疑,径直朝他走来。

男人走近了,干咳一声,在他旁边坐下。

"天气不错。"男人抬头看天。

"对,可迟早会变天的。"咕咾肉跟着说。

"是雷阵雨,还是下冰雹?"男人问。

"只有天知道。"咕咾肉咽了口唾沫，说。

说完这几句，男人便走了，留下那个包裹在长凳上。咕咾肉用报纸盖住包裹。他朝四周看，不远处几个孩子在踢脚，一对恋人相拥着热吻，还有两个年轻妈妈抱着婴儿在说话。——没有人留意他。

那些半大不小的孩子把球踢到马路上，捡球时差点撞到疾驰而过的汽车，刺耳的刹车声划破天际。他们并不在意，嘻嘻笑着，跑开了。咕咾肉发现其中一个男孩长得跟自己有点像，脸长长的，洋葱鼻，嘴唇很薄。咕咾肉的母亲生前是个美人，当年咕咾肉的父亲花了不少心思才追到她。咕咾肉长得更像父亲，那个整天喝醉酒就打女人的赌鬼，最后死于肝癌。医生说他的肝被酒精泡得像一块发霉的馒头，上面长满了绿毛。咕咾肉的母亲带着儿子以捡垃圾为生，常常几天也吃不到一顿饱饭。那时咕咾肉晚上睡觉梦见最多的就是鸡腿、牛排，还有巧克力。

咕咾肉轻轻叹了口气。

年轻母亲怀里的婴儿哭了。清秀的少妇坐下来，轻轻拍着孩子，亲他的脸颊。她的手指细细长长，她的嘴唇红红润润。孩子渐渐停止了哭闹，睡着了。一缕微风吹过，少妇额边的刘海垂了下来，她抬手将它撩到耳后。她看着怀里的婴儿，嘴角带着满足的微笑，足足看了十几分钟。那张小脸，仿佛永不会看厌似的。

花坛边的那对恋人像是有些不愉快。年轻姑娘涨红了脸，要走。青年抢上前抓住她的手臂。姑娘挣不掉，拿另一只手去扳，结果这只手也被抓住了。青年趁势将她整个人抱住了。姑娘的脸涨得更红了，像花坛里那朵最艳最红的花。两个年轻人相互依偎着。姑娘额头有一根俏皮的发丝钻进青年的鼻子，青年用手去揉，揉了几下，还是没忍住，侧过身结结实实打了个喷嚏。

这时咕咾肉也打了个喷嚏。他从小对花粉就过敏，到了春天皮肤会发疹子，还常常无缘无故地打喷嚏。咕咾肉连着打了几个很响亮的喷嚏。周围的人都朝他看。咕咾肉掏出手帕擦鼻子，边擦边朝他们点头示意。

天边出现一道彩虹。弯弯的，像姑娘脖子里的围巾。周围的人抬起头看。咕咾肉也看。眯着眼看。鼻尖触到清新的泥土的清香，阳光透过一层薄薄的水汽折射下来，千道万道雾蒙蒙的白亮亮的线。天地都像是经过了洗礼。好美啊！

婴儿在母亲的怀里笑，踢球的少年们咯咯咯带点狂野地笑着，姑娘羞怯地笑，小伙子爽朗清脆地笑。咕咾肉也在笑。他的笑容，是慢慢渗出来的，轻轻的，小心翼翼的。仿佛是为了与周围的环境搭配，不笑不行似的。

咕咾肉想：多美的花园啊，多幸福的人们啊——可只要一枚炸弹，不用多，一枚就够了，一切都会变样。母子、恋人、朋友，也许一同死去，也许留下一个两个,孤零零地,在这世上伤心。死了固然可怜,可活着的人,会比死人更痛苦。无尽的岁月会将人慢慢蚕食,陪伴着的,只有漫长的可怕的回忆。

咕咾肉有些感慨了。

破坏是最容易的。再美再好的东西,只需短短几秒钟,便能毁了它。

从花园出来,咕咾肉转到一条清静的小街上。一股香烤里脊和黑胡椒牛排的味道,顺着风,飘到他鼻子里。他有些饿了。抬头看旁边的餐厅,犹豫了一下,走了进去。穿制服的侍应生很礼貌地为他开了门。

"下午好,先生。"侍应生微笑着说。

"下午好。"咕咾肉找了个靠窗的位置,坐下。他拿过菜单,上面的价格让他有些迟疑。他很少光顾这种装潢精致的餐厅。发薪水或是心情好的时候,他最多是找一家小饭馆,点一两个惠而不费的小菜，再叫一瓶便宜的酒，慢慢地吃喝。这里一道菜，够他平常吃五份咕咾肉了。

咕咾肉点了一份鹅肝配牛排，一份龙虾汤。

侍应生把菜端上来时，咕咾肉先是看了一会儿，看盘子边点缀用的小胡萝卜雕刻成的花，牛排面上徐徐冒出的热气，还有龙虾汤里一圈一圈的奶油。他仔细地看了几分钟，才开始吃。他吃得很慢很慢，每一口都要反复咀嚼。他的表情端正得近乎肃穆，仿佛不是吃饭，而是在进行一件很重要的事情。

咕咾肉拿小勺舀汤喝。每喝一口，他都想——这是我这辈子吃的最好的一顿，也是最后一顿了。可我的母亲，苦命的女人，到死也没吃过这么好的东西。

红艳艳得到了她一直念叨的珍珠项链。

咕咾肉躺在床上，看红艳艳在镜子前转来转

去。她穿上了她心爱的绛红色的连衣裙,头发高高盘起,露出雪白的颈脖。她让咕咾肉为她戴上珍珠项链。咕咾肉爬起来,粗手粗脚地给她戴上。项链的搭扣缠到她的头发。红艳艳轻轻叫了一声。咕咾肉说句对不起,好不容易才把头发从搭扣里弄出来。

"漂亮吗?"红艳艳摆了一个很迷人的姿势。

"漂亮得像个孔雀。"咕咾肉回答。

咕咾肉又躺下了。他指指旁边的枕头,示意红艳艳也躺下。红艳艳把项链摘了,衣服脱了,光溜溜地钻进被窝。咕咾肉摸到她两个饱满的乳房,轻轻揉搓着。红艳艳勾住他的脖子。她说,亲爱的咕咾肉,你对我真好。

咕咾肉咕哝了一句,反身把她压到身下。他今天的动作有些粗野,几乎把她弄疼了。他重重地亲着她的脸颊、嘴唇、颈脖、胸脯。毛茬茬的胡子扎得她皮肤火辣辣的痛。红艳艳有些埋怨地看他,他却像没知觉似的，自顾自地。

红艳艳到浴室去洗澡了。咕咾肉眼睛眨也不眨地看着天花板，呆呆地。一会儿红艳艳出来了，坐在他身边，看着他。不说话。过了半晌，才道："有什么不开心吗？"

咕咾肉一愣，摇了摇头。

"我觉得你有点不对劲，"红艳艳说，"你看上去和平常不大一样。"

"没有，"咕咾肉打了个呵欠，说，"我只是有点累——最近不知怎么搞的，常常想起我的母亲。"

红艳艳问："想吃咕咾肉吗？我买了一块很棒的腿肉，非常适合做咕咾肉。"

咕咾肉说："好的。"

红艳艳转身要去厨房，咕咾肉一把拉住她，抱紧她。他闻到她头发间淡淡的清香，深深地嗅了嗅。你的头发真香。他道，你是我这辈子见过的最有魅力的女人。

红艳艳笑了,说:你的嘴好像抹了蜜。

咕咾肉也笑了笑。他再次抱紧她——这个女人,圆滚滚长着一身好肉的女人,夏天拿她的肚皮当枕头,又凉快又结实,她红润饱满的嘴唇,讲起话来略带鼻音的娇滴滴的声音,她拎着篮子去买菜时微微摆动的尖尖翘翘的屁股,她向他要钱时那副嗲嗲的又略带贪婪的神情——他以后不会再有机会看到了。

咕咾肉鼻子一酸,眼泪从眶里无声无息地滑落下来。

"我——爱你。"他道。

红艳艳一愣,以为听错了。想松开手臂。咕咾肉抱住她,不让她动弹。

"我爱你。"咕咾肉又说了一遍。

红艳艳伏在他怀里,听到他的心跳声。她感觉像在做梦。她反手过去摸他的脸、他的头发、他的鼻子、他的嘴巴。她摸到他眼角的泪水。

红艳艳把手指伸到嘴里尝了尝——是咸的。她没有说话，把他抱得更紧了。

两人就那样互相抱着，一动不动。

"我也爱你，亲爱的咕咾肉。"也不知过了多久，红艳艳轻声道。

三天后，咕咾肉又回到了机场。

他上午一共接送了四个航班。回到休息室，阿农在抽烟。按规定办公室是不允许抽烟的，可阿农从不管这些。咕咾肉倒了杯水，坐在椅子上慢慢地喝。阿农抽的是万宝路，很呛人。休息室里有个同事感冒了，不停咳嗽。咕咾肉对阿农说："你没听见小金在咳嗽吗？把烟掐了吧，他在生病。"

阿农抬起头，皱着眉看咕咾肉。像不认识这个人似的。

"我觉得你最近有点不正常，"阿农说，"你吃错药了吗？"

咕咾肉摇摇头，说，"我没有吃错药。吃错药的是你，你总是这么喜欢欺负人。你觉得很快乐吗？看到别人难受，你很快乐是吗？"

阿农朝咕咾肉吐了一个烟圈。熏得他睁不开眼。阿农恶狠狠地说："你这个猪，我看你是在自找麻烦。你知道得罪我有什么后果吗？"

咕咾肉满不在乎地朝他看。阿农手上的半截香烟忽明忽暗。咕咾肉忽地走过去，一把将香烟夺下，往地上一扔，再一踩。周围的人都被他这个举动惊得呆了。阿农一只手还做着拿烟的动作，猝不及防地，张大了嘴巴。

咕咾肉蹲下身子，将烟头捡起，丢进旁边的垃圾桶。他一句话也没说，走出了房间。机坪上的风比市区大得多，从四面八方集来，龙卷风似的。咕咾肉的头发很快被吹乱了。脸颊上隐隐生疼。这时阿农从里面走出来，对他说："明天起，你不用来上班了。"

咕咾肉回过头，怔怔地朝他看。阿农以为他吓坏了，得意地说:"我说过，得罪我不会有什么好处的。"

咕咾肉看着他，忽然笑了笑。阿农被这笑弄糊涂了。咕咾肉又进屋了。他去翻航班记录本，看到下午两点五十五分出港的三三八航班，预计人数是一百零五人——咕咾肉蹙起眉头，这是今天所有航班中旅客人数最多的一架。他本来还以为不会超过七十人。

忽然，阿农在他身后重重推了一把。他没提防，额头撞到桌子上，立刻便肿起一个大包。咕咾肉转过身。阿农坏笑着说:哦，真抱歉，我没站稳。咕咾肉看着他，心情在那一刻变得非常糟糕。

飞机的轰隆声再一次在耳边响起。咕咾肉很想把手中的茶杯向阿农扔去。即便扔得他血流满面也没关系，反正明天他咕咾肉就不在这个世上了。他可以狠狠地出口气。他是个没有钱也没有权的可怜虫，但当他豁出去什么都不在乎的时候，便能够狠狠地反击。咕咾肉想起他的主人，手执老鹰图案的那些人——正因为他们一无所有，是活在地下见不得光的人，所以才可以肆无忌惮地报复、破坏。是的，破坏真是很容易的。那一时的快感，销金铄骨，比原子弹爆发的能量还要大。

咕咾肉没有扔。他端起茶杯，只是喝了口水，便放下了。

两点二十分。三三八航班开始登机。咕咾肉坐在驾驶座上，看着旅客一个个朝车上走来，有白皮肤、黄皮肤、黑皮肤，有老人、青年、孩子。他们拎着或大或小的行李，三三两两，坐着或是站着。咕咾肉注意到不远处一个女人一直朝自己看，神情有些古怪。她慢慢地走近了。咕咾肉装作若无其事地把一包东西放在地上。女人似乎有些紧张，车厢里并不热，可她不停地擦汗。

她站在咕咾肉旁边的位置。三十多岁，眉目很清秀，皮肤偏黑。咕咾肉知道，她很快会把脚下这包东西带上飞机。她和这包东西有着共同的名字：炸弹——人体炸弹。机舱口的安检不会再检查旅客的行李。所以这次行动应该很顺利。咕咾肉看表，两点三十分。客人还在陆陆续续地上车。

很快的，工作人员走出来朝他做了个手势，示意他可以开车了。

咕咾肉关上车门，踩下油门——这是他这辈子最后一次开车了。他朝旁边的女人瞟了一眼。她脸上的肌肉在微微抖动。她眼里有着一些大义凛然的东西，可她的身体，却在不停抖动。咕咾肉忽然对这女人充满了怜惜之情。此时此刻，他的心和这个陌生女人是相通的。他们都在朝另一个世界走去。一同带走的，还有车上这些人。咕咾肉脑子里突然出现"刽子手"这三个字。世上没什么比生命更宝贵的东西了。谁都无权夺走别人的生命，不管是什么理由。这本是个简单得不能再简单的道理——咕咾肉忽然觉得头很疼，针扎似的疼。

这时,有人轻轻推了推他的手臂。

咕咾肉一看,愣住了——是阿农的傻儿子。他不知什么时候溜上了车。

傻小子咧开嘴,对他笑。"叔叔。"他叫道。

咕咾肉很快反应过来。"你好!"他道,"又来机场玩吗?"

"是的。"傻小子比他爸爸长得白净,如果不开口说话,是个相貌很不错的少年。"你吃过饭了吗?"他问咕咾肉,"如果没吃,我口袋里有泡泡糖。"

"我吃过了,谢谢,"咕咾肉说,"你应该待在你爸爸的办公室。车上没有什么好玩的。"

"我喜欢车。我爸爸说等过几年,会给我买一辆车。"

咕咾肉"嗯"了一声。他没心思再跟这个傻子说话了。他的头越来越疼,像裂开似的。车子缓缓地行驶在机坪上。车厢里回响着旅客们低低的说话声,还有笑声。那架波音737飞机停在不远处。像一只张开翅膀的矮矮胖胖的母鸡。

马上就要到了。

咕咾肉心跳得越来越快。扑通，扑通。

这时，傻小子说："我想撒尿。"

咕咾肉说："忍一下，把车开回去就能撒了。"

傻小子直愣愣地说："我忍不住。我现在就要撒。"

咕咾肉还没开口，戏剧性的一幕便出现了——傻小子拉开裤子，在车厢上撒起尿来。有个女孩尖叫一声，车厢里顿时一片嘈杂。几名旅客厉声呵斥起来。傻小子吓坏了，"哇"的一声，哭了。

咕咾肉看向脚下那包东西。傻小子的尿，不偏不倚，刚好撒在了上面，把它完全浇湿了。一股尿骚味扑鼻而来。咕咾肉眨了眨眼，足足愣了有一分钟。女人也愣住了。半晌，两人抬起头，目光相接，脸上都不知是什么表情，僵住了。

咕咾肉狠狠掐了自己手臂一下，很疼，不是

做梦。

傻小子还在哭，哭得一塌糊涂。他的眼泪混着鼻涕，流下来，落到脖子里，衣服上。咕咾肉从口袋里摸出一块手绢给他。

只短短几分钟，事情便变得完全不同了。像火车的轨道，轻轻一扳，火车便进了另一条轨道。谁都没料到的。

傻小子被保安带走了。旅客一纸投诉信告到上头，阿农也保不住他。咕咾肉坐在椅子上，看着阿农心急火燎地打电话搬救兵。

咕咾肉倒了一杯热茶，放在他面前。

"别担心，那些人不会难为他的。"

阿农朝他看，眉头皱着，不说话。

回家的路上，咕咾肉给红艳艳买了一条围巾。价格不便宜，可他二话不说便买了下来。他哼着小曲，看路边的花草，踢球的少年，抱着小孩的少妇，还有相互依偎的恋人。只隔了一天，心情却完全不同了——是一种恍如隔世的感觉。咕咾肉想到"恍如隔世"这个字,情不自禁地笑了出来。

他还活着。四肢健全,五体通泰。原来活着的感觉是这么好。他没有死过,却已经体会到从生到死,再由死到生的那种滋味。

他在瞎眼老头那儿买了一包烟。给了他两倍的烟钱。

"佛祖保佑,你还健康地活着。"瞎眼老头瓮声瓮气地说。

"没错。"他笑着回答。

几分钟后,咕咾肉打开自己家的信箱。除了一叠报纸,一封信静静地躺在那里——信封上印了一只老鹰的图案,老鹰的嘴是粉红色的,一边翅膀被绳子绑住。

咕咾肉愣住了。

手一松,报纸和信都掉在地上。

报纸的本城新闻栏里,报道某区一辆公交车发生爆炸，死伤大半；一所小学里，闯入两名持枪歹徒，劫持数名小学生作为人质，要挟政府释放监狱里的一批囚犯，目前已有一名小学生人质死亡；一家舞厅发生离奇火灾，安全门被铁条封死，所有客人与工作人员无一幸免；某菜场一批牛肉被注射剧毒农药，已有二十三位市民中毒身亡，另有数十位市民未脱离危险……

月亮升起的时候，太阳还隐约有个白晃晃的影子。渐渐的，影子不见了，天空便全黑了。像个巨大的黑铜盔，兜头把人罩住。密密实实的，连个缝隙也没有。星星很少，只是稀稀落落的几颗，若明若暗。乍一眼看去，似是黑漆漆的一片，冷不丁的，却又有几颗星羞羞怯怯地露出脸来。盯着它看，只一会儿，便又暗了。反反复复的，就是这样，一会儿给人希望一会儿又叫人心灰的。

——原刊于《青年文学》 2007 年 6 月

奶妈

儿子出生不到一个月,我因为奶水质量不高,不得不结束了哺乳。很遗憾,都说母乳是婴儿最好的食物,蛋白质含量高,能增强孩子免疫力。没办法,个人体质差异,勉强支撑了两个多礼拜,我的奶水变得像白开水一样淡。医生劝我还是放弃吧,这样对孩子反而不好。彻底死心后,我开始关注哪一种奶粉比较好,准备给孩子喂奶粉。

一个朋友闻讯打来电话，问我有没有兴趣找个奶妈。起初我以为她在开玩笑，"这年头还有奶妈？少哄人了。"她郑重再三地表示，是真的，很可靠，你不妨试试。出于好奇，还有对儿子健康的考虑，我拜托朋友替我搭桥，见一见这个"奶妈"。

星期天下午，朋友带着"奶妈"如期而至。——女人三十岁不到，身材微胖，眉眼有些寡淡。朋友为我们介绍，她叫陈梅，河北人，世博会那年来的上海。

刚坐下还不到一分钟，女人便提出要见孩子。"孩子在哪里？"她没头没脑地问。

这个要求让我多少有些不舒服。作为一个母亲，本能地对任何想靠近孩子的陌生人觉得抗拒。但我还是答应了，领她去房间。

儿子睡得很熟。她走到小床边，手抚着栏杆，上身往前倾，目不转睛地望着床上那个小人儿。我瞥见她的眼睛,眼睑有些外翻,红红的,像是刚哭过不久。以至于有一层薄薄的水汽,在那里漾啊漾的。鼻尖也是红红的,一耸一耸,嘴巴微微动着。像在喃喃自语。

她竟然想伸手去摸孩子。我警惕地往前一挡。她却还是绕过我,摸了一下孩子的脸。触到孩子的那瞬,我听到她嘴里轻轻的一声"哒",指尖抖了抖,偏离了本来的轨迹,在孩子脸上划过。孩子惊醒了,有些讶异地看着眼前这张陌生的脸。

"男孩女孩?"她问。

我有些不快,却还是告诉她:"男孩。"

她目光不离孩子,一字一句地说:"我的也是个儿子。"

丈夫检查了她的身份证,还有体检报告。体检是上个星期做的,市级大医院,项目也很全。她坐在沙发上一言不发,眼睛始终朝着儿子房间的方向。

朋友问我，要不要试试味道。我一愣。她说现在就可以，有吸奶器，到厕所去一趟就行。我还没想好是否需要，丈夫推了我一下，"去呀，尝一口，剩下的留着。"我明白他的意思，是要把剩下的拿去检验，他有朋友在药物实验室工作，举手之劳。

我带着女人到了卫生间。女人撩衣服时，我下意识地把头朝旁边别去。吸奶器不断发出"哧哧"的声音。她的奶很白很浓。我羞羞答答地尝了一口，很甘甜。她朝我看，眼睛直瞪瞪的。我笑笑，"给我几天时间，我再答复你。"

她走后，丈夫怪我不该让她进房间看孩子，更不该说是男孩，"世道不对了，万一她一把抓了就走，怎么办？"我说不会，看她样子不像坏人。丈夫嘲我一句"坏人脸上都写字吗"。我望着儿子粉嫩的小脸，想着他又能吃上母乳了，心里透着高兴。

检验报告出来了，奶水很好，没有病毒，细菌总数在安全范围内。我给朋友去了电话，说这事成了，明天就让她过来。我和丈夫的意思是，让她搬过来，反正家里房子大，孩子现吃现哺，吸出来奶水放冰箱总归不卫生，感觉还不新鲜。关于薪酬，丈夫提了个数字，和月嫂差不多。朋友转达了，女人没有异议，说就按你们的意思办吧。

陈梅来的那天，我领她到她的房间。为了让她身心愉悦，生产出高质量的奶水，我花了些心思布置，被褥、床单都是崭新的，花瓶里插着百合，窗明几净。我以为她看了会有些激动，谁知她什么也没说，放下行李便问："孩子呢？吃奶了。"

她奶水果然够多，完全能满足宝宝的需求。考虑到她哺乳，我让保姆天天都做下奶的汤，鲫鱼豆腐汤、花生猪脚汤、火腿鸽子汤。菜色也讲究营养均衡，只是几乎不放盐，单独给她盛一份放在边上。我尝过，难以下咽。她却毫不抱怨，给什么吃什么。我向她解释，孩子肾脏还没发育好，所以不能吃盐。她回答：那是，孩子要紧。

起初几次喂奶，我都在旁边看着。她动作很专业，手臂一环，把孩子的头箍着，奶头送上去，让小嘴含住大半个乳晕。听着宝宝咕咚咕咚的吞咽声，我很是安慰。

当然也有不太称心的地方——这女人似乎有些怪。首先是她看孩子的眼神，直愣愣的，像是要把宝宝吃下去。喂奶的时候这样，不喂奶的时候也是这样。除去吃喝拉撒，她通常是坐在小床边，一动不动地看着宝宝。看得我心里发毛。

丈夫让我装个摄像头，监视她。我说真要有什么事，就算摄下来又能怎么样，再说人家是个女同志，在人家睡觉的地方装摄像头，说不过去。

我们签的是简易合同，上面写明她的职责是"哺乳"，除此之外没别的。反正有保姆。可事实并不是这样。她几乎包揽了带孩子的所有事情。孩子一哭,她总是第一个冲过去。她的耳朵异常敏感,总是先于我们每个人到达孩子身边,飞快地抱起孩子。好像她才是孩子的亲娘。有时我想上前接过孩子,她竟然会把身子别向另一边,不让我碰孩子。

"宝宝要睡了!"她硬邦邦地道。

我给朋友打电话。朋友告诉我,她儿子两个月前刚被人拐走。我吃了一惊,说你怎么不早说。朋友说是怕我有心理障碍,"要不是这样,谁放着自家孩子不喂出来当奶妈?你放心,这人肯定靠谱。越是这样的人,越会对孩子好。"

朋友的话是没错。陈梅对孩子确实很好,但有些好过头了。保姆每天会带孩子出去转一圈,她非要也跟着去。保姆几次向我告状,说这人有病,"她不许任何人靠近宝宝,谁要是靠近了,她那副样子,就像要吃人似的——"我知道保姆没有夸张。我亲眼见过,小区里都是些熟面孔,看到宝宝，难免会上来亲亲抱抱，有一次陈梅居然把一个老太太推倒在地上，"离我孩子远点！"她凶巴巴地说。害我跟人家赔了半天不是。

我对陈梅解释，人家喜欢宝宝，没有恶意的。

"不对！"她大声道，"她不是好人，她想偷我的宝宝！"

我拿她没办法。只好尽量让她别跟着去。我还想跟她说明，宝宝是"我的"，而不是"她的"，但估计说了也没用。她应该听不进去。孩子是身上掉下的肉，是命根子，我能想象失去孩子的那种锥心之痛。看在奶水的分上，我对她睁一只眼闭一只眼。

她很少同我们说话。可对着孩子，却喋喋不休。说得很快，声音又轻。她叫我儿子"小虎子"，又像是"小文子"，口齿含糊，我只能听个大概。——猜想这应该是她儿子的名字。

晚上宝宝跟陈梅睡。丈夫关照我多个心眼，让我时不时的搞个突然袭击,看看那边的情况。我说人家睡得好好的,何必打扰人家。丈夫把我教育了一通,说你要摆正位置,你是女主人,她拿你的工资,当然要受你的监督。万一她睡得死猪似的,把我儿子饿坏了,怎么办?——后面这话倒是触动了我,我爬起来披上衣服,一溜烟过去了。

先在门口听了听,好像有动静,敲了两下门,轻轻推门进去。陈梅和衣坐在床上喂奶。我说"进来看看孩子",她点头,说:"孩子吃饱了,睡了。"我凑近了,看见宝宝睡得很安稳,睫毛长长地披下来,脸色红润。

"吃得不少,两个奶都空了呢。"陈梅难得与我这么多话。

我笑笑。"晚上吃得多可不好,过两个月戒夜奶麻烦了。"

"那就不戒,让孩子一直吃着才好呢。奶不给孩子吃,给谁吃呢?"

她轻轻抚着宝宝稀疏的头发，一遍又一遍地。忽地低下头，在宝宝脸上亲了一下。我本能地皱了皱眉头。"小虎子——"这回我听清了，是"小虎子"。她低下头，又亲了一下。我忍不住说"小孩脸不能亲"。她哧的一声，不以为然却又斩钉截铁的口气："我自己儿子，想怎么亲就怎么亲！"

大半夜的，我一时没回过神来。下意识地想去抱宝宝。谁知她竟"啪"的一下，重重地把我的手打掉，清清脆脆的声音，"走开！"

我吃惊地看着她。她不看我，依然是眨也不眨地望着宝宝。我竟不知说什么好了。半晌，默默地离开了房间。关上门的刹那，我看见她把宝宝的脸紧紧地贴在胸口。

我花了整晚时间，考虑是否该将她解聘。旁边的丈夫鼾声如雷，我有些心烦，踢了踢他的大腿。鼾声戛然而止。

第二天，我把这个月的工资放在一个信封里，交给陈梅。

"抱歉,"我说着事先编好的话,"我们下周要去孩子奶奶家住一阵,所以只能提前解约。不好意思。"我猜她也许会有些激动,谁知她只是看了我一眼:"奶奶家住哪里?"

我怔了怔,"——苏州。"

"那不远,我跟着呗。"

我又是一怔,"这个,那边房子小,住不下。"

"阳台总有吧?"她说,"我住阳台。"

我把烫手山芋扔给丈夫。让他去解决这件事。我躲在房间里,几乎可以想象丈夫抓狂的神情,还有陈梅木然却坚毅的脸。果然一会儿,丈夫走进来,整个人仿佛刚打完仗那样疲倦,往床上一躺,问我:"报警怎么样?"

说说而已,当然不会真的报警。陈梅到底是留了下来。我是个心软的人,丈夫也是嘴硬骨头酥。说到底,还是为了孩子。——"宝宝要吃奶。"她一句话便把我们打倒了。有现成的优质的母乳,实在舍不得放弃。

我试着从她的角度考虑问题,其实也是给自己一个留下她的理由——如果换作我,孩子被拐走,我一定活不成。不死也疯了。所以这么看来,她的表现还算过得去了。况且她也不老是那样。通常白天时候,她还是比较清醒的。甚至从某种意义上讲,她是个非常称职的育儿师。从宝宝吃奶的数量到大便的颜色,她一样都不落下。她告诉我,母乳很难计量,可以听宝宝吞咽的次数,一分钟超过四十次,那就是喝得很好;尽量别让孩子撮着奶头睡着,一吃完就要把奶头拔掉,让他自己在小床上睡,免得养成坏习惯;母乳喂养的孩子大便应该是金黄色,一天几次或者几天一次都正常,没什么大惊小怪的,如果大便像豆腐渣,那就要当心了,可能是病毒感染的腹泄。

"你儿子的卤门长得不错,比我儿子好,"她把 xìn mén 读成 lǔ mén,"我儿子那地方有些下凹,你儿子没有。"我听了很是放心,不光因为儿子没有卤门下凹,而是她能分清床上那个是我儿子而不是她的。女人天生是八卦的动物。闲暇时,我小心翼翼地问起她儿子的事。出乎我的意料,她没怎么犹豫便告诉我了。

——春节时,她和男人带着孩子回老家过年,孩子才三个多月,本不想路上颠簸的,可双方父母都想看孩子,电话打了一个又一个,只得带回去了。年过得充实而忙碌。事情发生在回去的火车上,买不到座票,只有站票。两口子抱着孩子一站就是十几小时。旁边一个五十来岁的女人见了,便说帮他们抱孩子。两口子实在是累坏了,再站下去怕是孩子也抱不住了,便把孩子给了那个女人。本来是紧挨在这女人旁边的,可火车越来越挤,挤着挤着就挤远了。等发现不对,座位上早换了人,女人和孩子已不知去了哪里。

她娓娓道来,像在说别人家的事。轻松得过了头。我觉得不妙,要出状况了。果然隔了几秒钟,她神情一点点黯淡下去,像一堆不起眼的稻草,突然间火星四溅,噔的一下,火苗窜了上来。她眼睛睁得老大,像看到什么可怕的事那样,又是惊恐又是愤怒,瞪着我:"你想干什么?你想偷我的儿子!!"

我还不及反应,她一把抱起床上的宝宝,就往外面跑去。宝宝被吓得大哭。我大声叫保姆,"张阿姨,守住大门——"只听得保姆在客厅尖叫,冲出去一看,陈梅抱着宝宝已经冲进阳台,"砰"的一下,关上门。我抢上前去,门已是被反锁了。

隔了一扇玻璃门,陈梅平静下来,甚至是有些得意地望着我。她轻轻摇晃着宝宝,安抚他。宝宝很快便停止了啼哭。我和她陷入对峙。不敢表现得过于激动，十八楼的阳台，距离地面有可怕的几十公尺高。我甚至对她露出了微笑。天晓得我的心理素质竟然这么好，我十月怀胎生下的儿子，捧在手里怕摔含在嘴里怕烊的宝贝疙瘩，此刻却在一个神智不清的人手中。我想打电话报警，却担心任何风吹草动都会刺激她，那更糟糕。

我那机灵的保姆，拿着手机走到隔壁房间报了警。我听见她把地址报给电话那头，心里稍微松了松。阳台上，陈梅忽然抬起手，把宝宝举得高高的。我一颗心顿时悬到半空。——此刻已是黄昏时分，夕阳余晖落在孩子脸上，一个小麦色的光环，在那里晃啊晃的。孩子笼罩在光环中，笑得很甜，像天使一样可爱。陈梅看着他，不自觉地，也露出笑脸。

我还是第一次见她笑。笑得像个孩子。那一瞬，我相信，她是真正快乐的。她缓缓放下宝宝,把他的脸贴在自己脸上。不知是玻璃折射还是怎的——我看到她的脸上有泪光。

警察很快到了。保姆在电话里应该交待得很清楚,他们怕打草惊蛇,所以是从阳台上爬上来的,一下子就制服了陈梅。宝宝忽然大哭起来。警察把他交回我手里。陈梅被两个警察反剪双手绕到背后,见孩子在哭,她歇斯底里地尖叫起来:"别碰我的孩子,你们这些坏人!坏人!"

一个警察推了推她的头,喝道:"老实点!"

宝宝越哭越凶,她拼命地挣扎,甚至发出野兽的那种吼叫,手不能动,就用脚踢,用牙咬。结果把右边那个警察的膝盖给踢伤了,还有左边那个小警察,手腕上被她咬了一口,"哎哟"一声,松开手。她趁势想冲到我面前,却被一个警察拿电棍戳了一下。她大叫,应该是很疼。整个人弯了下去。嘴里却还不停,只是声音越来越轻,到后头成了哀求:"求求你们,孩子饿了,要吃奶——求求你们,等我把他喂饱了,再让你们带走——孩子不能饿的,求求你们,求求你们——"

很快,她被带走。经过我身边的时候,她直瞪瞪地看着我怀里的宝宝,嘴巴不停地动,却一个字也没发出来。不知怎的,她的眼神让我很难受。心头被针刺似的。

第一次给宝宝冲了奶粉。比起母乳,奶粉要浓稠得多。像米汤。宝宝不挑剔,一瓶奶很快便喝完了。丈夫安慰我,说现在喝奶粉的孩子多了,喝奶粉只有长得更壮实。保姆也说,孩子安全最要紧,那女的受过刺激的,成神经病了。

我脑子里一直想着陈梅。不知她怎么样了。不管怎样,是我把她招来的,她并没什么错。一个失去孩子的女人,她所做的事,无论如何没到被警察带走的地步。

我又一次失眠。半夜里保姆冲调奶粉的声音、宝宝的哭声、当然还有丈夫的鼾声。全部被放大了。白天陈梅那让人心碎的哀求声。"求求你们,求求你们——"一遍遍在我耳边盘旋。和我的梦境连在了一起。我甚至还梦到了她的儿子。被她抱在怀里,五官看不甚清,一个小小的脑袋,紧紧偎着妈妈。陈梅笑着向我介绍:"这是小虎子——"

第二天清早,保姆买菜回来,告诉我:陈梅在楼下。

我犹豫了半天,终究是没忍住,跑到楼下。果然看见她,倚着一棵树。她见到我,一下子便冲过来。头发乱糟糟的,衣服也还是昨天的,又皱又脏。一张隔夜脸。我心里咯愣一下,难不成她在这里待了整整一夜?

"孩子要吃奶,孩子不能不吃奶,孩子——"她翻来覆去地说着同一个意思,"孩子不能不吃奶——让我给孩子喂奶吧,我保证,我光喂奶,什么也不做。我保证——"

她居然还跟我道歉,说"对不起"。像个做错事的孩子,乞求父母的原谅。

我再次把她带回家。丈夫十分不理解,把我拉到一边,问,"你怎么回事?"

"孩子不能不吃奶。"我和陈梅一样的口吻。

"那就吃奶粉。"

"奶粉没有母乳好,差远了。"

我很固执地留下了陈梅。

她给宝宝喂奶。宝宝越来越精了,一看见她,就往她怀里钻。我注意到她托着宝宝的手有些微微颤抖。她手忙脚乱地撩衣服,露出一对涨得沉甸甸的乳房。

"再不喂就该回奶了。"宝宝的小嘴一凑上去,她立刻长长地舒了口气。

我在旁边看着。陈梅端详着宝宝,偶尔抬头,与我目光相接,便笑笑。我也朝她笑笑。房间里很安静,只听得见宝宝的吮吸声。场景温馨得像一幅阳光下的素描。

我问她,为什么不断奶。

"我想着,小虎子说不定哪天就回来了,我给他留着,到时让他尝一口妈妈的奶。"

她说这话时,神情平静得像在说一件理所当然的事。我的鼻子有些酸,嘴巴动了动,却一个字也没说出口。

接下去的日子里,她向我说了许多关于她的事。

"我孩子生得晚,在老家,像我这个年龄,孩子都该上小学了。我们是想,在上海站稳脚跟,多赚点钱,再生个孩子——生他的时候,是难产,整整一天一夜才生下来。疼得我恨不得死掉算了。以为大概见不到孩子了。躺在病床上胡思乱想,想我要是真死了,他爸再找个女人,也不晓得会不会对孩子好,十个后妈九个毒——

"说不定——"她居然想入非非,"那户人家钱多得要命,就是没有儿子,刚好看中了我家小虎子,小虎子在那边吃好穿好,享福了,比跟着我们强——就是不晓得那家人有没有奶——"她指的应该是买孩子的"下家"。我诧异这当口她居然还关心这个。

我安慰她:"你还年轻,再生一个也来得及。"

她使劲地摇头,"不生了不生了,我又不是没儿子。早晚他还会回来。要是我再生个娃,等他回来,还当我不要他了呢。不能这样。"

我不敢再往下说。怕她老毛病又发作。

"我不断奶，等着他。"她声音虽轻，却说得斩钉截铁。

她说我儿子长得跟他儿子很像。我问哪里像。她回答是"下巴"。

"下巴的弧度非常像。都是这里弯出去，翘一翘，再收回来。"她在我儿子脸上比划着。

我仔细观察了宝宝的下巴。看不出哪里与众不同。她说长这种下巴的人福气好。这话倒是对我胃口。笑纳了这声赞美。她又说我儿子吃奶不太爽气，吃几口停一停，一顿奶要分成几顿。她儿子就不会。"小家伙吃奶利落着呢，小嘴咕噜咕噜几下，一个奶就空了。胃口好，像他爸爸。话说回来，干体力活的人又有几个胃口不好的呢？小虎子将来可不能像他爸，得多读书，找个坐办公室的活儿，就不用受那份罪了。"我发现，自从被警察带走后，她的话好像突然变多了。仿佛身体里有一根爱说话的筋,给挑了起来。

说着说着,她安静下来,盯着宝宝看,仿佛陷入了沉思。这让我心惊肉跳。很快,她叹了口气,收回目光,"这是你儿子,不是我儿子——我分得清。"咬字很重,一个字一个字地发音。与其是在告诉我,不如说是提醒她自己。

我有种感觉,儿子没丢之前,她应该是个很善良很好相处的人。

周末那天,她向我提出,可不可以吃面条。我让保姆做了一碗鸡汤面给她。吃面条前,她双手托碗,挂在鼻尖上,双眼微闭,喃喃自语,像在祷告。看到我诧异的眼神,她告诉我——今天小虎子满半岁了。

我依然不敢放松警惕。半夜里不用丈夫提醒,便会自觉地跑过去。好几次看见她抱着宝宝，脸贴脸，嘴里一遍遍地念叨，"你不是我儿子，不是我儿子——"将心比心，我了解她要费多大的劲才能让自己保持清醒。两个月前，她怀里抱的还是自己的亲骨肉。而不是像现在这样，怀抱别人的孩子，进行自我催眠。我关上门，努力克制着不让眼泪掉下来。

更多的时候，她是在懊恼。说不该回家过年，不该那么晚才买票，以至于买不到座票，更不该把孩子交给那个女人。她说拐子最缺德，拐人家孩子，是存心让人家绝门绝户不得安生。话锋一转，她问我：会不会那个女人不是拐子，或许是上个厕所，一转身看不到我们，也急坏了，这会儿正到处替孩子找爸妈呢——你说有可能没？

丈夫不太满意她这样。他对我说，家里像是来了个祥林嫂。

我让他在微博上替陈梅找孩子。"现在不是

很多嘛,把孩子照片贴上去,留下联系方式,转发的人多了,说不定能有线索——"他不太情愿,嘴里唠唠叨叨,最终还是答应了。丈夫就是这样,嘴硬心软。

陈梅回了趟家,拿来了她儿子的照片。是个圆嘟嘟的小家伙。她说照片显胖,其实小东西头没那么大,身子也没那么多肉。是个小可怜儿。丈夫把照片扫描了放到微博上。她坐在屏幕前,手指划过那张脸,指尖微微颤着。空气在那刻缓缓流动,倏忽一下,又凝结成了无数冰点。仿佛都听到落在地上细细碎碎的声音了。她一动不动,老僧入定般。

"等着吧,也许会有奇迹发生。"许久,丈夫说了句。

日子一天天地过。宝宝在亲娘、保姆、奶妈的共同照顾下,渐渐长大。婴儿的成长过程,充满了各种惊喜的发现——会笑了、会咂嘴了、会抬头了、会翻身了……三人中，宝宝最亲的是陈梅。我一点儿也不惊讶。老话说的好，"有奶便是娘"，小家伙把头钻到她怀里的那股热乎劲，还有冲她咯咯咯的疯笑声，让我看了都忍不住会吃醋。

当西北风卷起金黄色的落叶，呼啸着迎面而来时——宝宝满八个月了。按合同上的约定，是时候断奶了。陈梅有意无意地提过几次，说孩子吃奶最好吃到一足岁。我婉拒了。我拿着不知从哪儿听来的理论搪塞她，说男孩吃八个月足够了，久而久之，母乳成分里的雌性激素会让男孩失去阳刚之气。她很不以为然。情急下甚至说我"是个不负责任的母亲"。我一笑了之。

我了解她的心情。事实上，随着限期一天天的逼近，她又渐渐露出让我担心的端倪来。她显得暴躁，容易发脾气。不再像之前那样与我交流，而更喜欢把自己关在房间里，一个人对着宝宝，自言自语——这些都在我的意料之中。我心肠软，但绝不糊涂。家里一些隐蔽的角落里，藏着我从黑市买来的摄像头，基本上涵盖她所有的生活半径。从现在起到她离开，我要力争平安度过这段危险期。

她又一次向我要求，延长宝宝的哺乳期。她甚至提出工资减半。我说不是钱的问题。她又说不要钱，"白送，"她加重语气，"白送总可以了吧——要不然，我给你钱，你要多少钱你说——我银行里有两万块钱，全部给你，好不好？我还有一只金戒指一副金耳环，统统给你——我什么都不要了，只要你让我留下来，求求你了——"

她越是这样，我便越是坚持。我看着她，无奈地苦笑。她充满希望的眼神，一点点黯淡下来，像气球被戳破，瘪成一片薄薄的橡胶皮。

宝宝与她一起失踪那天,我疏忽了,和丈夫去看《碟中谍4》。许多朋友向我推荐这部片子,我抵制不了诱惑,去了。保姆给我打电话的时候,汤姆克鲁斯正爬在高高的迪拜塔顶。拿着电话,一股凉意从我脚底直冲到头顶。——仿佛那个站在塔顶的人是我。

报警时,保姆完全乱了方寸,前言不搭后语。警察费了很大的劲,才明白陈梅是趁她上厕所时逃走的。我提供了家里的摄像。镜头上,清楚地看见陈梅抱着宝宝从房间出来,打开大门离开。小区门口的录像也证实了这点。大约是下午三点,陈梅抱着宝宝离开小区。

接下来的几天,我犹如生活在地狱里。食不知味,夜不能寐。丈夫在公安局里有熟人,对方答应会尽全力破案。可三四天过去了,一点消息都没有。当初给我介绍奶妈的那个朋友,专门跑来看我,说非常抱歉,又咬牙切齿地说,"活该她孩子被拐掉——"我摆摆手,想说这是两码事。但实在是没心思开口。头疼得要命,身体里像是有什么东西要脱离出去,刀割似的难受。那一刻,我好像完全能体会陈梅的感受。没了孩子,真正像是在心坎尖上剜去一块肉那样。好几次我站在卫生间,看着镜子里的自己,真恨不得把头撞上去。

事实证明,我的运气比陈梅好。

第五天的早上,宝宝便找到了。一个女警察把他带回来。具体情况由她转达给我们。她的声音很清脆,说话也很有条理,应该是专门负责这类工作的。

她说宝宝被陈梅夫妇带回了河北老家。坐的火车,往返票,上午到,下午就回来了。票子不太紧张,可两口子却买了站票。抱着孩子,来回站了两天两夜。

"我们在火车站逮捕她时,她说正准备带孩子回来,还给你,"女警察似乎觉得有些滑稽,"你说这怎么可能?"

潜意识告诉我,这应该是真的。只是却无法向这个女警察解释。她还年轻,看样子就算结婚了,也未必有孩子。

"你认识小虎子吗?"临走时,她问我。"我们把孩子抱走时,她一直冲着孩子说'你不是小虎子,不是小虎子'——这是什么意思?"

我停顿了一下,摇头。

宝宝睡得很熟。在我们的大床上,我和丈夫分别躺在他的左右两侧,一人一只手,搭在宝宝的肚子上。感受着他缓缓的呼吸。我们眼不错珠地望着失而复得的儿子。不说话,就那样静静躺着。能听见自己的心跳声,很有节奏地,一下,又一下。

我长长地吸了一口气,又吐出来。总算是

平静下来了。

——闭上眼睛,我仿佛看见宝宝被陈梅抱在怀里,随着火车的颠簸而前后晃动。整整两天两夜,一分钟也不脱手。旁边的人肯定很好奇,想这女人莫非是有毛病,放着空座位不坐,却要那样站着。也不怕累。或许有人会热情地邀请她坐下,又或许,也有个五十来岁的女人提出,要替她抱孩子。她拒绝了。——她是想再来一次,也是坐火车,也是站票。她用这种方式告诉自己,儿子没有丢,儿子被她紧紧地抱着呢。这个场景,应该在她梦里出现过无数次,尤其是把儿子交给人贩子的那瞬,每次都让她痛彻心扉。一遍又一遍地。她过不了自己这关。比死还难受。她奢望着,那只是个梦。眼前这一切才是真的——睁开眼睛,孩子就在她怀里,从未离开过。

我托朋友找了个相熟的律师,为陈梅辩

护。我以为丈夫会阻止我,谁知他只是沉默了一下,说"随你的便"。丈夫是个通情达理的人,我没有选错他。

我一直没有再见到陈梅,朋友告诉我,她被判了两年。已经是很幸运了。朋友说看到陈梅时,她手臂上缠着绷带——火车上,不知谁的箱子没有摆好,从行李架上摔下来,眼看要砸到宝宝,她用身体挡住箱子。宝宝安然无恙,她手臂当场骨折。

她托朋友给我捎了封信。我有些意外。——信上的字迹很拙劣,歪歪扭扭,像火柴棒横七竖八搭起来的。

"我知道你肯定很恨我,恨得不得了。我不该把孩子带走。我知道孩子被人家带走是什么滋味,是妈妈都受不了。那几天你肯定难受坏了。对不起,真的很对不起——"

接下去,她用了差不多三分之二的篇幅告

诉我，宝宝断奶后应该怎么添奶粉，怎么添辅食，要一点点加，加多了加快了都对宝宝不好；宝宝晚上总是很容易惊醒，可能是缺钙，但也不能盲目补钙，要多晒太阳多去外面转转；城里人讲究，总把孩子捂得严严实实，还开空调，其实反而不好，乡下孩子大冬天都是赤脚踩在地上，鼻涕面条似的挂着，倒也不怎么生病，身体还棒；吴先生（我丈夫）老是抽烟，虽然是站在阳台上抽，可也不好，一是自己伤身体，二是阳台也不密封，烟味透进来让宝宝闻到了不好，将来容易得哮喘。还有关于我的，说我太瘦了，孩子还小，将来的路还长呢，要多锻炼身体。孩子总让妈有操不完的心，自己不好好保重，怎么有力气把他抚养成人呢。

最后，她这么写："我很喜欢你的儿子，可我知道，他是你的，不是我的。他不是小虎子。我的小虎子在一个我不知道的地方。可总有一天,他会回来。我不断奶,小虎子才吃了三个月的奶,远远不够。我把奶留着,等他回来的那天,让他尝尝妈妈的奶。"

除了信,朋友还带来一瓶奶,"是上午挤出来的,她让我带给宝宝喝——"装牛奶的那种玻璃瓶,里面是大半瓶乳白色的液体。

我接过。视线有些模糊。那一瞬,眼前浮现出陈梅撩起衣服吸奶的场景。她的奶又白又浓。天底下没什么食物比妈妈的奶更珍贵了。

我准备把这瓶奶保存着。听人说,母乳存久了,会变成血。"肝气,上行为乳,下行为血。"如果是真的,那证明,每个母亲都是拿血来哺育孩子的啊。等宝宝长大了,我要告诉他——这来自于一位很棒的母亲。她为儿子不舍得断掉的奶,无私地哺育着别人的孩子。

这天夜里,我做了个梦,梦见小虎子回来

了。陈梅抱着他，撩起衣服，露出饱满的乳房，朝着那只张开的小嘴迎上去。阳光斜斜地照过来，落在母子俩身上，镶出一道金色的滚边。这画面，圣洁得仿佛置身于天堂。幸福，安祥，没有失望。

——原刊于《西部》 2013 年 11 月

去日留声

(一)

午饭后,文思远跑来找我。

"文思清——"他叫我的名字。我也一样,初中时便不唤他"弟弟"了,直呼其名。这一点上,文老师对我们很有意见。他认为彼此称呼"姐姐""弟弟"是有家教的体现,而且亲切。可文思远不喜欢,一米八几的大男人,还一口一个"姐姐",实在肉麻。为了避免与文老师正面冲突,他在家里尽量不叫我，或者用"哎""那个谁"来代替。如果说姐弟这层还有眼开眼闭的余地，那么，关于"爸爸""妈妈"的称谓，文老师则绝对不许我们有半点含糊。

"爸爸就是爸爸，妈妈就是妈妈，别学那些时髦的叫法，什么'老爸老妈''爹地妈咪'——不许，坚决不允许。这不仅仅是一个称谓的问题，而是关系到对父母的尊重。我们家的孩子，只能叫'爸爸''妈妈'！"文老师说得斩钉截铁。

文思远说他这是心虚的表现。是没自信。"否则没必要计较这些。不就是个叫法嘛，父子间要是关系好，就算叫阿猫阿狗，心里也是亲的。心里不亲，就算叫'亲爸爸''亲亲爸爸''嫡嫡亲亲爸爸'——也没用。"

当然了，不是原则性的问题，文思远通常不会与文老师太较真。他叫"爸爸"，音色像白开水一样淡。稍不留神便倏地飘过去，像词的尾音，念轻声。可以忽略的那种。背地里，他称呼文老师为"老头子"。开心的时候是"有劲的老头子"，闹矛盾的时候是"死老头子"。我很少附和他。即便不当着文老师的面，我也总是称呼他为"爸爸"。因为没必要。正如文思远说的，只是个称谓，既然如此，为什么不让自己显得有修养些呢。

"文思清，"他说，"老头子又发神经了。"

我没有接口。给他两秒钟冷静的时间。同时示意他坐下，起身给他倒了杯水。我知道接下去又会是一通长长的牢骚，一篇夹杂着无数"死老头子"的诉状。而我照例是法官，兼"死老头子"的辩护律师。这便是家庭关系的微妙之处了。文思远需要一个聆听者，适时的火上加油，与他一起骂人，然后再是各打五十大板，把他顶回去。偃旗息鼓。从这个角度上说，文思远其实是有些贱骨头的。我那些冠冕堂皇的和稀泥的话，像一块硕大无比的铁锅盖，到最后往往是不分青红皂白不管是非对错，就那样兜头兜脸地盖下来，硬生生把火扑灭。完全没有技术含量。

这次是因为一顿饭。周末下了班，文思远和管悦在外面吃火锅唱K，却忘记打电话回家。文老师为此大发雷霆，说就算是保姆吧，主人回不回家也要通知一声，你们倒好，大大咧咧在外面吃，电话也没一个，你妈烧了一桌的菜，都成隔夜的了。文老师倘若就此打住，估计也就没什么事了。可借题发挥、上纲上线永远是家庭矛盾的主要诱因。文老师从儿子儿媳的生活费说起，每月只交那么几个钱，晚饭就不提了，上班那顿午饭还要带，有时候连早饭都过来蹭。回到家两手一摊，什么事都不做，完全以少爷少奶奶自居，一个玩手机一个看电视，碗都不洗半个。文老师问他们，要把父母当牛做马到什么时候？当天晚上文思远玩得太累了，没怎么吭声就睡了。第二天起床，看见文老师面色浮肿，眼睛微红，坐在沙发上如老僧入定。他对文思远说觉得人生很没有意思。"一辈子忙忙碌碌,扑心扑命,却好像什么都不如意。没一件开心的事情。临老了还是累。一天忙到晚,没个停的。"

我可以想象文老师说这番话时的模样。是多么的惆怅,多么的万念俱灰。当了多年的中学语文老师,他在控制语气语调这方面相当的有心得,可以在短时间内把旁人带入他所营造的氛围当中。文思远说他最烦老头子这么说话,小题大做,无病呻吟。"你喜欢钻牛角尖是你的事,可你不能不给别人活路。"他说老头子纯属没事找事。当初各住各的挺好,是他非要让文思远夫妻搬来同一个小区,说互相有个照应,你们方便,我们也热闹。饭钱的数额也是文老师定的,其实谁还在乎多个三百五百的,你要是不满意就直说,别又想做好人又怕吃亏。还有上班带饭,也是文师母的意思,说外面的东西又贵又不干净,还不如自家带的好,反正做都做了,也不在乎多那么一口。现在反倒成他们小夫妻的罪状了。文思远向我反复强调这点，谁家都会闹矛盾，但不能为了闹矛盾而闹矛盾，也就是不能太"作"。女人"作"，勉强还能称得上可爱，男人"作"，尤其是老男人，那就是可怕了，不能忍受。

我劝他把饭钱加上去，每天和管悦轮流洗碗。先堵住"老头子"的嘴。文思远说这不是问题症结。我说不管是不是，先把表面问题解决再说。"一个月一千是说不过去，他们客气你们不能当福气，再说又何必落人话柄，你不是不在乎这三百五百的嘛，那就加上去。"

我说，爸爸的脾气是这样，能忍就忍吧。谁让我们是子女呢。年纪大了，发牢骚就让他发吧。就当为了他的健康着想。气闷在肚里对身体不好。

文思远说老头子的气多着呢，千头万绪，这辈子都出不完。"他对谁都有气，看谁都不顺眼。"文思远说完，加上一句，"——这世界欠了他的。"

老祝去香港出差,我让文思远留下来吃饭。他说晚上要和管悦去喝喜酒。我提醒他:别忘了打电话。他嘿的一声:再忘就成脑子有病了。

晚饭前,我从酒柜里拿了一瓶红酒,又去附近熟食店称了些文老师喜欢的卤水门腔和猪耳朵,开车来到父母家。应该是文思远夫妇不在的关系,晚饭很简单,文师母只炒了个素菜,再弄个紫菜蛋花汤。猪耳朵和门腔装了盘,摆在旁边。我忽然有些后悔,即便文老师喜欢,其实也不该只买这些的。再加个桂花鸭什么的就好了。文老师问我,怎么突然来了。

"老祝不在,一个人吃饭没劲。"说完便觉得不妥。

果然,文老师幽幽地来了句:"只有老公不在的时候,才想到我们。"我替他把酒倒上,"这酒是老祝一个法国朋友送的,据说很不错,你尝尝。"

"我懂什么呀,好酒给我喝就是糟蹋了。我喝惯了零拷的黄酒，七块五一斤。舌头早喝麻了——还不如这个。"他拿筷子敲了敲盘里的卤水门腔。

文老师的腰受伤了，隔着衣服仍然闻到狗皮膏药的味道。文师母说他是下午晒被子时扭伤的。被子太重，拎着竹竿一头晾到阳台外，实在很考验腰力。文老师年轻时腰就不好，找街道医院的瞎子按摩过一阵。我劝他们雇个钟点工。是老话题了。文老师不搭腔，我识相地住嘴。换作文思远，多半会往死里劝，然后换来文老师一句，"家里有外人我不习惯，休息天你做儿子的帮我晒晒被子又怎么了，有工夫出去逛街吃饭，十条被子都晒好了——"我承认我比文思远狡猾，无效的且对自己不利的事情通常不做。没必要白白受一顿奚落，破坏心情不算，万一控制不住起了争执，那这趟就算白来了。

我没那么娇气，老祝不在的日子，我大可以去做个美容看场电影，或是在家里看书看碟。随便煮碗面下几个饺子,就能对付一顿,不至于为这个就来父母家蹭饭。——与其说是来为文思远收拾残局,倒不如说是替自己救火。文老师为什么生的气,我再清楚不过。文师母昨天电话里就告诉我了,我送二舅的那件羊绒衫,文老师到底是知道了。这事很麻烦,不能关照二舅保密,否则人家会说怎么送东西还要偷偷摸摸的,干脆别送了。原先是想一人一件的,可文老师一米六六的个子,肩窄腰细,在男人里属于特别娇小,S号也偏大,尺寸不对。两人都不送吧,二舅那边这阵子都没怎么走动,到底是关系不同的,他下月去九寨沟旅游,平时挺节俭的一个人,也难得出去的,想着给他弄件新衣服出门穿,也算是一番意思。文师母说是二舅自己告诉文老师的,本意是打个招呼道一声谢,可听在文老师耳朵里就像炫耀了。"买就买吧,"文老师对妻子唠叨,"反正是她的钱,给谁买都不关我的事。又不是搞特务工作,还保密。"

所以这才是真正的问题症结。还是几十年的历史遗留问题。跟文思远小夫妻吃不吃火锅打不打电话其实没多大关系。住得近就这点麻烦，偶尔会当一下替罪羊出气筒什么的。文师母的意思是，让我跟文老师稍微解释一下，挨几句骂听几句牢骚，这事也就过去了。我担心越描越黑。她说不会，"这就好比白衣服上沾了一块黑，越早洗越好，拖久了颜色就糊掉了，再怎么也洗不干净。"文师母到底是资深语文老师的家属，打起比方来很形象。

我从包里拿出一条淡青色的羊毛围巾，告诉文老师是我花了整整一个礼拜才织出来的。亲亲热热地替他围在脖子里。然后做出很随意的样子，告诉他，前几天和老祝逛街，给二舅买了件羊绒衫，"打三折，挺合算的，可惜没爸爸你的尺寸，否则也给你一块买了。"

文老师端详着脖子上的围巾，慢腾腾地说："一个羊绒，一个羊毛——自己人随便些没什么，外头人才是要讨好的。"

还好,这话的刻薄程度在可控范围内,我用不容置疑的口气迅速将他弹回去:"帮帮忙哦,羊绒衫算什么,老祝说了,凡是钱能买到的东西,都没什么大不了的。真正宝贵的是这条围巾,纯手工制造,一针一线一片情。二舅想都别想,我只给爸爸织。"

最后这句很有些煽情的效果。文老师嘴角抽了一下,应该是想笑,强自忍着。

"我是穷光蛋,不能跟你家老祝比。他说钱能买到的都不是好东西,那行,你让他买一卡车黄金,我让你妈织个十条八条围巾,纯手工制造,跟他换。"

我笑了笑。文师母在旁边也松了口气。她说我要是不来,任文老师这口气自生自灭的话,那家里最起码还要冷战三天。文师母说天气这么冷,气氛要是再冷下去,房间里就要结冰了。文老师的通常做法是,不直接跟人发生口角,而是把自己的坏情绪打成无数细小的分子,散落在家里的各个角落,还有家人的身上。让人无可避免地受到感染。这很要命。文师母说他上午还好端端的,忽然莫名其妙洗起了厕所,毫无征兆,就那样戴上手套默默地扒着马桶刷里面的污垢。很专注很仔细,把马桶洗得比脸盆还白。这本来不是件坏事,可问题是文老师吭哧吭哧干完后,把手套一扔,便对着文师母叫起撞天屈来:"有几个男人会像我这样?看看我整天都在干什么,男人的活也做,女人的活也做。可我得到了什么?你问你爸爸,在家会洗厕所吗?你再问问你弟弟,会洗厕所吗?啊?"

应该说,文老师称得上是个勤快的男人。买菜、做饭、打扫……什么都不落下。但他做家务的目的,好像就是为了把自己推到一个悲壮的高度,从而可以理直气壮地抱怨这个抱怨那个。文师母的观点是,你做了就不要怨,要怨就别做。可没办法。文老师已经习惯了这样的风格。像是自己给自己设一个圈套,跳下去,踩到地雷,爆炸。有点自编自导自演的意思。除了这,还有一个比较要命的,就是胡思乱想。文老师的胡思乱想是以全方位立体旋转的模式展开的,时间空间上完全自由开放,毫无规律可循。比较经典的一个例子,也是让我非常难过的一次,是我刚工作那年,我问他,为什么疼爱文思远多过疼爱我?他回答,因为你自私,对父母刻薄。这话让我吃惊得不知如何是好。我再三追问,我怎么自私了,怎么刻薄了。他说,如果将来我和你妈跟你住在一起,你一定不会善待我们。我冷笑,你什么逻辑?这是结果,不是原因,纯属因果倒置,你平常就是这么教学生的吗?——我那时是太年轻气盛了,说话拆皮拆骨,让人难堪,也不让自己好受。这件事让我着实伤心了一阵。

文老师其实有他的道理。初中毕业时我听他的话，以全校第一的会考成绩进了上海的一所中专，这么做是为了能分在上海工作。谁知毕业前学校忽然宣布，外地生一律要回原籍。慌乱之下，他们把我过继给了没有子嗣的二舅，从而顺理成章留在了上海。这件事是文老师毕生的痛，痛彻骨髓的痛。从此对我心存内疚。只是文老师考虑问题的方法实在奇特，正如我前面所说，大多数情况下始终处于"胡思乱想"的状态。因为内疚，他断定我必然恨他入骨，这辈子都不会原谅他，所以毫不留情地把我设定成了一个假想敌。这种逻辑很可笑，是拿未来可能发生的事情来证明目前的结论。完全站不住脚。可我不能因此而跟文老师较真，就像他常对我和文思远说："孝顺孝顺，要孝，更要顺。"——至少表面上我不能显得对父亲意见重重。毕竟我是一个那样在乎别人看法的人，想要事事都做到完美。中专毕业后我又读了研究生，认识了做投行的老祝，组成了一个大多数人都艳羡的家。所以我没有理由不保持心情平和，小心经营着与文老师的父女关系。不开心的事情时刻都会有，否则就不是人生了。不去碰它便是了，绕道走，或是上面铺层垫子，遮住了。只作没看见。

这便是我与文老师不同的地方了。虽然我必须承认骨子里我和他其实有许多相似之处。那年文老师从安徽调回上海，我陪他去学校办手续。我能感受到他的激动，整个人是木的，若不是我托着他的手臂，只怕他会一屁股跌坐在地上。填表格时手抖得连自己名字都写得七歪八扭。那种心情，不是身在其中的人绝对体会不到。他说他一直觉得是做梦，这么美的事情不是做梦难道还是现实？他一定以为我不能体会那种感觉。其实我能。虽然我年纪还轻，也没有当过知青，可我真的能。就像从小到大，我贴在写字台前的那些小纸条，"我要回上海""做上海人""不想一辈子留在这里，你就必须努力"……这些直白的甚至有些幼稚的话，像一道道鞭子，抽在我的背上，然后是日以继夜地不停地奔跑，朝着我心目的方向——与文老师的方向是一致的。这点我们心知肚明。正因为如此，文老师才会把成绩优异的我送进中专的大门。许多人不解，说你三年后再考上海的大学不是一样？他们不知道，三年太长了，充满了许多不定因素，文老师不敢冒险，我也不敢。只有太在乎一样东西，才会变得如此胆小。如果没有后面的变故，我猜想文老师心里也是欣慰多过遗憾的。可惜人算不如天算，谁也没想到最后我会以那样的方式留在了上海。文老师曾多次在家庭聚会上当众洒泪，说"如果没有国新（二舅的名字），我就一辈子对不起这小姑娘了"。但这事只能他自己说，以表示他有多么后悔多么感恩。旁人提都不能提，尤其是我。一提就等于是在旺火上浇滚油。我只能不断地对他说，没关系没关系，我不在乎，一点也不在乎。这个情况总结下来就是——你必须允许别人失误，而且在他失误后还要照顾他的心情，绝不能发牢骚更不能有怨言，要像对老祖宗那样捧着他顺着他。

吃完饭，我替文老师腰上换了片伤筋膏药，并提出过完年后请他们去日本旅游一次，"出去散散心，挑个品质好的团，什么都安排好，完全不用你们操心。"

文老师没说好，也没说不好，只是朝我看了一眼："老祝今年又赚了不少啊。"

"不管赚多赚少，"我表忠心，"父母都是要孝敬的。"

"怎么好意思占你们的便宜？"

"欢迎占便宜。能让你们占便宜是我们的荣幸。"我笑。

"还一次没去过呢，听口气倒像占过你们不少便宜似的。"

文老师的特点在于，能让痛快的话题不知不觉走向不痛快。他的路线图是——拒绝你的孝顺，从而证明你是不孝顺的。文思远要多缴饭钱，他不接受，反过来说你啃老；我请他旅游，他不去，下次便多了指摘女儿女婿吝啬的罪证。这多少有些奇怪。文老师喜欢把人放在一个随时随地能让他奚落的位置，好像他的存在就是为了证明别人的不是。所以我劝文思远无论如何也要把饭钱加上去，即便文老师再怎么推辞，就算是翻脸也要把钱一分不少地加上去。还有这次日本之游，如果文老师不同意，那我预备把他们的护照偷出来，办完手续付了钱，让他们没有退路。当然可以想象的是，文老师一定会嚷着"孝顺孝顺，要孝，更要顺"，把我痛骂一顿。这就是另一个层面的事了。在文老师面前，没人能面面俱到。必须见招拆招、抓大放小。

我要是把这番话说给老祝听，他肯定会觉得我的思想太复杂了。可人生远比我们的想象要复杂得多。这些老祝不会懂。虽然他称得上是一个成熟的金融业者，世面见得不少，跟人打交道如鱼得水，场面话说得天花乱坠。但这是两码事。他骨子里是一个简单的人。小康之家出生，平安地考上大学、就业、成家。没遇过太大的挫折。努力从不白费，得到与付出永远成正比。所以他的心态很好。我之所以选择嫁给他，一半是因为他的性格。老祝是那种看着张牙舞爪其实很乖很纯的人，而我从某种角度来说刚好相反，看着循规蹈矩，心底却总希望能打破些什么。当然这跟作风无关，扯不到男女问题头上。我指的是更宽泛的概念，更虚无缥缈些。文老师从小就教育我们不要随波逐流，行事做人都要把眼光放远，不能落于俗套。说得简单些，就是要做个"与众不同"的人。每一个信誓旦旦要把孩子培养成天才儿童的家长，实际都是胆大包天的试验家。文老师应该拿我试验过一阵，并在不断地、悄悄地调整。这很容易造成自相矛盾。现在想来，文老师的教育方针其实是有些教条的，纸上谈兵。经不起现实的推敲。当然这也并非全无益处，那就是当我成年步入社会后,一旦接触外界的东西,便很容易将其摆脱,并且打破。我二十岁以后的人生,好像就在不断地寻找与反省,当新的事物与文老师灌输给我的理论相冲突,不可避免地挣扎、困惑,可结果往往都证明了后者是悖论。这些文老师或许并不知情。我越是想通那些,便越是不介意做一个温顺的女儿。

(二)

文老师年轻时的笔名叫"文若军"。听着像是真名,但并不是。有一阵我也爱在报纸杂志上发些豆腐干文章,给自己取个笔名叫"文若君"。与"文若军"谐音。那时我十四五岁年纪,文笔稚嫩而真诚。曾有一篇散文发表在《少年文艺》上,题目叫《父亲的少白头》。文章中我写道:"从我懂事起,父亲头上就有白发了,是家庭遗传,但我知道还有别的原因，如果他不是那么辛苦那么操心，也许白头发不会那么早出现……我爱我的父亲，发自内心地爱，我很想为他分担，可我并不能做什么，所以我选择努力学习，让他至少不必为我操心……等我工作了，第一件事就是为父亲买一瓶染发剂，把他的白头发染黑。"

文章的结尾部分，原先我是这么写的："等这篇文章发表，拿到稿费后的第一件事，就是为父亲买一瓶染发剂，把他的白头发染黑。"文老师觉得不妥，劝我改了。说编辑也许会觉得不舒服，小小年纪文章发不发还不知道呢，已经开始惦记稿费了。这是那个年代的通病，放到现在，说不定反而会觉得有趣，是个噱头。事实上，拿到稿费后，我的确为文老师买了瓶染发剂，并且在阅读了说明书后，戴上薄膜手套，亲自为他进行操作。那天，文老师端端正正地坐在方凳上，全身拿报纸遮得严严实实，伸长脖子任我折腾。最后总算是成功了。虽然洒在地上的染发剂比涂在头上的还要多,但好歹文老师的白头发是被消灭了。接下去的几天里,廉价染发剂让他看上去像戴了一顶假发,黑得极不真实,而且很快便大片大片地掉色。据说文老师的额角处也因为过敏而红肿褪皮,只是那时我还太小,并不十分留意这些。在我的记忆里,文老师好像只染过三次头发,一次是这次,还有两次分别是我和文思远结婚。文老师染发后的效果其实并不很好,深色有压迫感,显得个子更矮了。花白的头发反倒能增添些儒雅的气质。但不管怎样,染过发的他是显得年轻多了。这几年偶尔我也会染一染头发。二十岁之后,白头发便悄无声息地出现了。除了少白头,文老师还把他的过敏症遗传给了我。不能化妆,尤其不能涂粉,否则就有破相的危险。还有不能吃芒果和花生。一到春天,空气里的粉尘会让我不停地打喷嚏。据说过敏的人比较聪明。这或许是我们父女俩的另一个共同点。文老师在去安徽插队之前，一直是上海某所重点高中的尖子生，他说他的理想学校是哈尔滨工业大学，这是他们那代男生心目中的神圣殿堂。可现实跟他开了个很大的玩笑。他最终只是沦为倒霉的六六届高中生里的一员，被安排在安徽某军工厂里烧大炉。一烧就是十年。

文师母的名字里有个"清"字，所以文老师给我取名为"思清"。我出生那年，全国恢复高考，文师母这边被推入产房，文老师那边坐进考堂。直至我满月，文老师才见到我第一面。"思清"这名字取得非常文艺范，却也是那时的实情。文老师在北京读大学，文师母一人带我。夫妻两地分居，"思"是必然的。后来文思远出生了，文师母实在吃不消，便把我寄放在上海外婆家。直到小学三年级才被接来安徽与他们长住。关于这点我曾经问过文师母，为什么把我放在上海而不是文思远。她回答文思远小，离不开妈妈。这话没有道理，就算一两岁的时候离不开妈妈,那再大一点总可以了吧。她又说文思远比较适应安徽的生活,而我比较适应上海。这里头有个典故:我六七岁的时候,一次去安徽小住,文老师买了两根冰棍给我和文思远,文思远吃得咂巴有声津津有味,而我只咬了一口便把冰棍扔在地上。文老师说我在上海把嘴吃叼了,吃不惯安徽产的冰棍。这事无从考证,反正我全无印象。文老师说我小时候非常喜欢笑,而且笑起来像傻大姐那样没心没肺。这话他说过很多遍。我觉得他的言下之意就是,我现在非常不喜欢笑,而且心眼也多。小时候的事情真的没什么印象了,扔没扔冰棍,喜不喜欢笑,全不记得了——我只记得每次他们来上海看我,临别时我都会哭得稀里哗啦。那种伤心是我这辈子都不会忘的。仿佛什么东西硬生生从身体剥离,伤心,还有恐惧、绝望。我死拽住他们的手臂不放,可最后总会被拉开,然后不知被谁抱着,眼睁睁地看着他们的船驶离码头。那种滋味我至今想起来都觉得毛骨悚然。对于一个孩子来说,父母就是他(她)的天,他(她)的全部。父母离开了,他(她)她的世界就塌了。至少有相当长一段时间会这样。即便我再喜欢笑,再怎么没心没肺。后来他们改坐火车。他们在车上,我在月台上,隔着一扇打开的窗。我曾经动过脑筋,想趁人不注意,在火车启动的那一瞬偷偷蹿上去。可惜一直没有机会尝试。估计就算试了也不会成功。毕竟我不是铁道游击队,年纪也太小。直到现在,我看见码头和火车站还是会忍不住难受。有心理阴影。我也曾遇见过与我类似经历的孩子。父母都是知青,或者父母一方是知青。不知为什么,这些孩子或多或少都有些共同点,人群里很容易就能把他们辨认出来。额头贴着标签呢。"孤僻""敏感""要强""低调""自卑""极端"……每个人不同,但或多或少都能贴上一两个。我中专时一个同宿舍的女生,父母也是知青,她是十六岁时按政策回的上海。文老师和文师母属于支内,与她父母性质不同,所以我和文思远不能享有这项优遇。女生很漂亮,歌唱得也很棒,得过学校歌咏比赛一等奖。竞选过学生会干事,属于挺活跃的那类人。追求者特别多。毕业后我们都以为她即将展开一段多姿多彩的人生,谁知才一年工夫,她便匆匆嫁了。丈夫是相亲认识的,比她大七岁,某国营企业的科长,长相普通,条件也不见得多么优渥。这让我们很是吃惊。我猜这女生骨子里其实还是不自信的,因为她父母的关系,她可能会觉得人生充满变数,而且是负面的情况占多数。所以她作了这么个四平八稳的选择。虽然避免了最后"捡芝麻丢西瓜"的悲剧,但这样做法,多少是有些矫枉过正了。她父母退休之后,据说也住到了她家里。文老师嘴里常说的"落脚点",应该就是这个意思。拿着外地的退休工资,上海无业无产,只能到子女家"落脚"。"落脚点"与"家"完全不同,里面透着无奈,完全是从权的意味。但这却是大部分知青回沪后的状况。文老师是个例外。本来他也做好了以我和文思远的家为"落脚点"的准备,可他赶在退休前调回了上海。他一个在教育局工作的老同学帮了忙,让他以人才引进的形式进了上海的一所中学。虽然只是普通高中,却也相当不易了。据说文老师之前有一次试讲,凭着渊博的知识面与优雅不凡的台风,让台下人员完全折服。所以说人还是需要些真本事的。文老师在安徽的时候,方圆几里都是有些名气的,如果他愿意,可以背无数只"小猪"赚钱。但他没有。倒不是不想,而是心思压根没在那上头。他心心念念想的只是如何调回上海。当文思远考入上海一所大学后,这想法便更加迫切了。"一家人争取在上海团聚。"——我考上中专,他送我到火车站时,说的便是这句话。看似平淡的一句,却是包含了太多东西。像饱蘸着墨汁的笔,初时不觉得,落在纸上便是千言万语。

应该说，小时候我和文老师的感情还是不错的，甚至是非常好。《父亲的少白头》里写的全是我的心里话。那时常有人会问些促狭的问题，诸如"你喜欢爸爸还是妈妈"，我都毫不犹豫地回答"爸爸"。我至今仍然记得文老师挨着我睡给我讲故事的情景。文老师的声音略带沙哑，语速很慢，每句话都带个夸张的尾音，讲究抑扬顿挫。他喜欢和我聊天。与小孩聊天是需要耐性和智慧的。具体聊了什么，我已经想不起来了，只觉得他是很认真地在听我说话。我那时是一个有着许多古怪想法的小姑娘。冷不丁就会做出些让大人头疼的事来。外公曾向文老师告状，说我老是说谎。文老师解释说这不是说谎，我只是想象力太丰富了，小孩子分不清现实与虚幻，混淆了。在我还不识几个字的时候，文老师便给我买了简写版的四大名著。我煞有介事地看完，然后讲给外婆听。我那文盲外婆压根不晓得这些全是我编的，还当书上就是这么写的。

外公知道后，又觉得这是说谎的一种。文老师却为我那些张口就来的想象力而感到惊喜。他称我是"神奇的小清清"。我没头没脑地问他，能活多久？他问什么意思。我说，你一定要长命百岁，因为如果你死了，我也不想活了，你活得越久，我才能活得越久。这些仿佛恋人间蜜里调油的情话，却是我的肺腑之言。我说，这个世界上我最喜欢爸爸。文老师像对待大人那样，很理智地向我解释：你会这么想，是因为你还小。

办领养手续那天，二舅、二舅妈、文老师、文师母，加上我，一共五个人，去了民政局。整个过程很顺利，也很沉默。几乎没人说话。结束后，我听见文老师对二舅说了几遍"谢谢"。二舅再三强调不用。我那时候已经满十七岁了，但到底还太年轻，讲话不经大脑，居然问文老师："我现在是不是还叫你'爸爸'？"文老师提高声量："不叫'爸爸'，你想叫什么？"我猜我当时或许是想开个玩笑，否则不至于那样不合时宜。当天晚上文老师便和文师母吵了一架。当然表面上为的不是这事，而是随意挑了个由头。这件事比较尴尬，文老师只能自己兜进，连脾气都发不出来。让我考中专是他的主意，把我过继给二舅也是他的主意。给人家女儿，还得承人家的情。文老师满肚子的闷气无处可发。好像就是从那时候开始，他与外婆家的亲戚渐渐生了嫌隙。之前讲起外婆家，他还是一口一个感激，后来口吻就不对了，有一次他居然对文师母说，"他们帮我带女儿是没错，可现在女儿都送给他们了，是他们家的人了，应该什么情都还了吧？"甚至一次，他还一本正经地告诉我，"其实小时候他们待你也是马马虎虎，无非多个人多双筷子，在粥里多加一碗水，吃不饱饿不死。谈不上多么宝贝。"——这就有些小儿科了。通常情况下我都是一笑了之。既不反驳，也不附和。我了解文老师对这件事是多么耿耿于怀。凭他那样喜欢钻牛角尖的个性,他会围绕这件事不停地打转,衍生出无数的情绪与是非。

老祝第一次上门,是某年的正月初三。应该说,这次毛脚之行还是比较成功的。文老师与他相谈甚欢,话题涉及政治、文化、经济、民生等各个领域。气氛友好、和谐,到后来还添了几分翁婿间的亲切。老祝离开后,文老师说他"除了长相有点老气,别的好像没啥大毛病"。按照文老师的说话习惯,这已是了不起的称赞了。不久后的正月十五,老祝被邀请参加我们更大范围的家宴。外婆家的亲戚几乎都到了,团团坐了一桌。这次出了点状况。主要是因为老祝对二舅太过殷勤了。给文老师夹一筷菜,给二舅也夹一筷;给文老师敬酒,接着就是二舅;邀请文老师和文师母到苏州老家玩,同样也邀请了二舅夫妇。连买烟也是每人两条中华。礼遇完全相同。这就等于是把两人摆到了同一个层次。触到了文老师的痛处。当天晚上他一直沉着脸。老祝为此很纳闷,问我,我是不是怠慢你爸了?我说没有,但劝他以后当着文老师的面,千万要与二舅保持距离,至少要把两人的待遇分出高下来,显得亲疏有别。老祝很是迷糊,问我,那万一把你二舅给得罪了呢?我说,这就要看你的本事了,把握好分寸,两个都别得罪。老祝被这个技术活弄得郁闷不已,也亏得他江湖阅历丰富,又善见机行事,才勉强做到不过不失。

老祝喜欢听我讲以前的事。我从不添油加醋,即便如此,这段真实的人生在他看来,也是相当有意思的。他尤其喜欢听一些细节。比如文师母以前在招待所餐厅工作,把客人吃剩下的饭菜打包回家,文老师嫌脏,叫她扔掉,她偷偷留下,让我和文思远大快朵颐。那时有一道臭鲑鱼,是安徽名菜,不知为什么,客人点了却总是吃不完,被文师母带回家,我和文思远喜欢得不得了。后来再去安徽菜馆点这道菜,却再也找不到当年的味道。老祝总是让我唱黄梅戏给他听。他以为在安徽待过的人都会唱黄梅戏。我说不是，就算是土生土长的安徽人，也未必唱得有我好。我和老祝去唱K，偶尔会点《夫妻双双把家还》，七仙女的声音曼妙无比，而董永则一直跑调，声音还像个伤风病人。他说平时与客户去唱K，大家总是夸他唱得好。我表示这世上许多好话都是假话，"谁说你唱歌好听，就等于在说这地球是方的，千万不能当真。要警惕。"我郑重其事地提醒他。除了唱歌，我们还常常外出吃饭、看电影、做SPA、打球。始终保持着新婚状态。我好些女友结婚后与丈夫一年都不看一场电影。她们很羡慕我。事实上，当初我和老祝公开关系时，她们大多持保留态度。因为老祝那时只是个普通的银行职员，年纪也比我大了不少，更重要的是——他有过一段短暂的婚姻。前妻在电视台工作。离异无孩。

　　文老师是直到我领了证才知道这件事的。那天他大发雷霆,与我足足吵了三个钟头。吵得昏天黑地。最后他瘫坐在沙发上,浑身无力。而我则目赤面红,披头散发站在一边。他把这视作我中专事件后的第二桩失败的决定。我说凭什么只许你做错误的决定就不许我做?他说我那是逼不得已。我说我也是逼不得已,我吃死他爱死他了,没有他我宁可去死。文老师骂我没出息。我叹气说,没办法啊,没上过大学没受过高等教育,眼皮子就是这么浅。文老师顿时说不出话来。我很刻薄地,招招直击要害。有些事情可以和稀泥,唯独这事不行。我是要和老祝做一辈子夫妻的,势必要让文老师无条件地妥协,发不出一点反对的声音。当天晚上,我给老祝打电话,说事情搞定了。他问我是不是跟父亲闹得很不愉快,我说没有,"完全和平地解决。"事实证明,文老师确实是妥协了。除了冷淡些,他还是给了老祝应有的女婿待遇。也没再提这事。反倒是老祝有些不自在,说你爸这样子,让我心里直发毛，我宁可他骂我几句，倒还爽快些。我说骂是肯定会骂的，早点晚点的事，等着吧。

我和老祝的婚宴，堪称精彩。虽然早料到文老师那口气要找个发泄处，但万万没想到他会挑这么个关键时候。婚礼前半段很顺利，接新娘、拍照、敬茶……文老师的表现基本正常，稍有些沉闷，但问题不大，旁人会把这理解成对女儿的不舍，还有作为女方家长的矜持。老祝的父母从苏州赶来，亲家间说着客套话，文老师甚至还捧了个小场，说老祝沉稳可靠，现在这样的青年实在不多。礼尚往来，我的公婆也跟着夸我懂事、漂亮、可爱。我一边忙着招呼宾客，一边腾些工夫观察文老师，毕竟他对这场婚事是不满意的，我心里始终有些不踏实。

婚宴开始不久，文老师突然失踪了。流程里有一项是他代表双方父母讲话。我手捧鲜花站在台上，敏感地觉出台下有些不对。接着，看到文思远朝我做手势，一副大事不妙的神情。并指着娘家席上的空位——那是文老师的座位。我扫视了一遍现场，没有发现文老师。心一下子提到嗓子眼。一会儿，司仪宣布新娘父亲上台致辞。我抢过话筒，笑吟吟地说："我爸爸说舍不得女儿，怕在台上说着说着哭出来，所以改由新郎父亲，我的公公上台讲话。"台下一阵笑声。老祝有些诧异地朝我看。总算我公公做了几十年的党政工作，关键时候很拿得出手。他整了整西装，正要上台，谁知这时文老师竟然变戏法似的出现了。并且是箭一般地蹿上了台。来到我身边。我心跳得比刚才还快，敏感地觉出一丝危险。但到了这时候，只能听天由命。

"今天我嫁女儿。"文老师握着话筒许久，憋出这一句。我曾经看过他的发言稿，写得四平八稳，很大路的那种——没有这句。对一个资深语文老师来讲，即兴发挥不是件难事。我下意识地握紧了老祝的手。手心里都是汗。

"——嫁女儿不是件轻松的事。从女儿出生，看着她一点点长大，长成大姑娘，然后突然间一个莫名其妙的男人冒出来，把她抢走——"台下发出一阵欢快的笑声。

文老师缓缓地说下去：

"——你还不能生气，因为这人是要和女儿过一辈子的，他也叫你'爸爸'，笑眯眯地，好酒好烟地侍候你。如果你看他不顺眼，女儿就会跟你闹别扭，甚至还要大光其火。在女儿心里，现在爸爸妈妈已经不是自己人了，最最亲的就是这个家伙。你想得通也好想不通也好，现实就是这么个情况。在儿女面前，天底下所有的父母都处于弱势。父母怕儿女不理你，怕他们光火，怕跟他们闹翻，所以你只能捧着他们顺着他们，小心翼翼战战兢兢，一点不敢得罪他们。而儿女则一个个有恃无恐，想怎样就怎样，完全不理会你的感受。在座许多都是为人父母者，应该明白我的感受。"

台下鸦雀无声。文老师停下来，转过身，面朝向我。我竭力保持脸上的微笑，背上一片冰凉，应该是出冷汗了。大厅打着追光灯，光束落在他脸上，五官反倒看不甚清了。有什么东西在我和文老师之间游走，只眨眼工夫，便凝结了。半晌，我听见他轻轻地叹了口气，转向台下：

"不管怎样，儿女就是儿女——不说了，祝他们新婚愉快，白头到老。"

我目送着文老师走下台，回到座位。文老师走路时有些佝偻，而西装尺寸又偏大，四分之一个脑袋似是缩到了衣服里，看着有些滑稽。接下去的流程，我完全处于迷迷糊糊的状态。像个牵线木偶，被老祝拉着倒香槟、切蛋糕，还有接吻。直到司仪宣布"请新郎新娘为双方父母送上亲手做的抱枕"，事先我和老祝自制了四个粉红色的小抱枕，上面印着我们的结婚照，做成心形，挺精巧的小物事。预备送给双方父母，算是个温馨的环节。那一瞬，不知怎的，我整个人忽然清醒了，像猛然被人拎起来向天空抛去，再摔到地上，气愤得想骂人、揍人、整人。

我和老祝双双走下台，伴娘伴郎送上抱枕，我拿起一个抱枕，毫不犹豫地朝我二舅那桌走去。我余光瞟过文老师，几乎已看见他惊恐的眼神了——老祝及时地抓住了我，紧紧地揽住我，让我动弹不得。他叫着"爸爸"，把抱枕送到文老师手里。我被推到文老师身边。闪光灯一旁"咔嚓咔嚓"地响着，司仪激动万分地说着："谁言寸草心，报得三春晖，让我们对天下的父母都说一声，你们辛苦了！"热烈的掌声让我的头疼痛无比。我有些怨毒地朝文老师看去，发现他脸上没有任何表情，就那样手拿抱枕，呆呆站着。我瞥见他的鬓角，有一小块没染好，隐隐露出了白色。我倏地想起那篇《父亲的少白头》，心头先是一紧，随即又是一松，庆幸刚才是老祝拉住我，否则现在会怎样呢，真是不敢想象。我不易察觉地叹了口气。

说也奇怪,自那场婚礼后,我和文老师的关系进入了一个比较平稳的阶段。谈不上多么亲密,但也没有再红过脸。婚礼上的事,我们都回避不谈,仿佛没有发生过似的。我每周都回娘家,陪文师母做饭聊天,给文老师买卤水门腔和猪耳朵,隔三岔五再织条围巾、手套、帽子什么的。以一个体贴温顺的女儿标准自律。时常为文思远和文老师的矛盾收拾残局。通常情况下,睁一只眼闭一只眼,这只耳进那只耳出。你好我好大家好。当文思远指责我没有原则的时候,我摆出姐姐的姿态教导他:"这就是生活。生活只有艺术,没有原则。"

(三)

文思远把饭钱加了上去。每月一千五,依然不算多,但也不至于少得不像话。而我则跑了趟旅行社,把日本之行敲定。付了定金。护照和户口本倒不是偷的,而是文师母塞给我的。文师母本来也是个节俭的人,并不见得多喜欢旅游,但她表现得相当配合。她对我说,"你爸是该出去散散心。"一锤定音的口气。

文老师没几天便知道了,当然是发了通火。表示坚决不去,并把问题上升到一个相当的高度,"钓鱼岛都快被日本人抢走了,还去日本,你们还是中国人吗?!"这让我啼笑皆非。文老师不是世界观如此简单浅薄的人。我劝他找个更好的理由。"就是去玩一趟,"我强调,"不买他们的东西,不替他们拉动 GDP。要是再气不过,就往富士山上吐痰,在银座乱扔纸屑,把小日本的地方弄脏,不让他们好受。"文老师闻言朝我看:"嫁鸡随鸡嫁狗随狗,真是没错。"我知道他这话的意思是说,老祝比较油腔滑调。婚后,老祝以半月一次的频率来拜会老丈人,面对文老师的冷面孔,他采取插科打诨的方式,说些笑话逗一逗,捣个糨糊了事。文老师年轻时也是不拘小节的人,骨子里对老祝应该是不反感的。但如果给女婿好脸色,就等于认同了我的选择。文老师的方针是,不赞成,不反对,不挑衅,不妥协。简单说来就是"不作为"。

整个春节期间,文老师始终嚷着不去日本。我并不很担心。定金都付了,文老师心疼钱,多半会去。就算真的不去,我也有心理准备,连老祝那边都打过招呼了,他表示百分百支持,说:"爸爸想去就去,不想去就不去,别说只交了定金,就是全额付清了也没关系,只要他老人家高兴就行。"我叹气说他老人家不管去还是不去,都不会高兴。老祝听了不说话。这是个比较要命的问题。老祝对文老师算是十分殷勤的,最初几次回娘家,他都是成箱的酒搬上门,还有各种补品,像虫草、燕窝、枫斗,尽是价格不菲。都被文老师原封不动地退回去。文老师说,自己人,不用这样,又不是吃冤家。文老师的话说得很漂亮，但我知道他其实不是这个意思。文老师是不想让老祝舒坦。让他无计可施无从下手。不喜欢就是不喜欢，无论你怎样，我就是不喜欢，看你怎么办。再举个例子，老祝嘴巴馋，而我厨艺实在太差，便时常去外面吃，全上海的饭店几乎都被我们吃了个遍。每次去丈人家，看到丈母娘在厨房忙碌，老祝于心不忍，总是提议去外面吃，说某某饭店的水煮鱼不错，某某饭店的乳鸽很到位，某某饭店的咖喱很正宗，等等。文思远也是个馋猫，也喜欢到外面吃，文老师毫不留情地说他，"你一个月赚多少钱啊，就你那点破工资还上馆子，还过不过日子了？"老祝就不一样了。文老师知道从经济上没什么可挑他的，便换个角度，不直接说他，而是教育我："过日子要有个过日子的样子。等将来有了孩子，也一天到晚抱着孩子上馆子？"——其实说穿了，就是不给老祝机会。东西不收你的，饭也不吃你的，难受死你。

春节里,我和老祝去了趟马尔代夫。除夕是在娘家度过的。文师母掌勺,我当下手。基本上就是端个碗摆双筷子什么的。文思远夫妇到管悦娘家吃饭去了。文老师为此有些不开心,但又不好开口,因为我们也是回娘家吃的年夜饭,如果数落他们,便不能自圆其说。第二天我们先去苏州看公婆,吃了午饭就回来,晚上直飞马尔代夫,初六返程。差不多整个年假都在外面。文思远很羡慕我们,但他做不到,一是经济上的原因,他那套两室一厅还欠着银行几十万,每月要还四千多,还有就是管悦娘家亲戚来往很密,整个春节都排满了,挤不出空。他劝我把丁克进行到底,"别生孩子,"他说,"生了孩子就没这么潇洒了。"

管悦的预产期是五月份。因为人瘦,现在还不显怀。照文思远的本意,是想再晚几年的,毕竟他才三十出头。动过流产的念头,被管悦的父母死活拦下来。文老师倒是没多话,只说要顺其自然。——"顺其自然"便是生下来。刚得知管悦怀孕的那几天,我只与文思远单线联系,尽量不去招惹文老师。话题往这上面带,对我实在没好处。文老师一使劲,能在三分钟里让我如坐针毡求生不得求死不能。这也是我春节选择出游的原因。春节,是阿姨妈妈们的天堂,各种家长里短的集散地。我没必要坐以待毙。当然了,文老师一般不会直截了当,而是旁敲侧击,他问我,"老祝怎么看?"我说老祝也不喜欢小孩。他又问,"那他父母呢?"我说,他父母不管,随便我们。文老师听了,便叹口气,说:"多好啊——你怎么就没摊上这么懂事的父母呢?"这话接近于挑衅。如果我一个按捺不住,那局面就比较难看了。我说:"爸,你这话不对——我这辈子没什么值得骄傲的,唯独父母,特别是父亲,那绝对是没话说的。睿智、大度、勤劳、善良……事事为儿女着想,不计个人得失。老祝也许比我优秀,可他父母跟我父母比起来,差太远了,赤着脚也追不上。"

所以老祝还是比较聪明的，知道在文老师面前，唯独油腔滑调才能过关。让文老师一拳头打在棉花里，化解于无形。文老师应该意识到了我的变化。相比从前，这样的我让他非常不习惯。我一直是个棱角分明的人。从某种角度说，我每一个尖锐的突起实际都是文老师的杰作。有一阵我常玩《美少女梦工厂》，把一个小姑娘从十岁培养到十八岁，你可以给她上各种课程，礼仪、诗书、舞蹈、宗教、体育、魔法……还可以让她探险、度假，或是在家睡觉。这个游戏妙就妙在，并不是你想让她成为什么人，她就会成为什么人。我曾经成天只安排她学习舞蹈、诗书、礼仪，原以为她至少也会成个诗人、舞蹈家什么的，谁知最后她竟成了商人的宠姬。我还曾经让她天天学习魔法、格斗，时不时地出去探个险，心心念念要把她培养成个战士，谁知最后她竟莫名其妙的当上了大臣。游戏归游戏，不能当真,但这多少也折射出教育的复杂性。一加一或许等于二,但一加一再加一,就未必等于三。外在因素越是多元,情况便愈是难以预料。人脑是个精密无比的机器,每一项赋与其身的指令,都会产生不同的影响,有物理变化,也有化学反应,何况人脑又各不相同,毕竟不同于实验室里没有生命的冰冷仪器。从文老师的角度看,我觉得自己与他的原定目标应该有一段距离。上海话说"豁边了",我就属于这种,长着长着"豁边了",是野路子。文老师曾说我是个很"凶"的人。这"凶",倒不是"凶恶",而应该是偏向于"犀利""果敢"的意思,并不见得全是贬义。

但无论如何,很"凶"的人现在也会插科打诨了,这多少算是一种成熟,也是处理家庭关系的一种新的尝试。任凭文老师肚里骂一千遍"嫁鸡随鸡嫁狗随狗",至少表面上发作不得。他管这叫"软佻皮",与"阳奉阴违"差不多意思。这是一桩,日本旅游的事也是一桩。他对我说，尊重父母比什么都要紧，并不是你花了钱，我就一定会感谢你。我说，当然，这件事是我没办好，下次一定改正。我面带微笑虚心接受。文老师彻底没辙。他说，下不为例。

从日本回来后，我问文老师感觉如何。他说一般。我想再听些细节，他就不理不睬了。通过文师母，我了解到文老师对这次日本之行还是比较满意的，全程五星酒店，每一顿饭都是特色加美味，没有购物，行程不紧不慢，导游和领队热情周到。文师母问我这次旅游多少钱，我少报了三分之一。她咋舌："要命，这么贵啊？"我说，"不贵，放在年假里起码贵一倍。"

总的来说，这一阵文老师的心情还是不错的。原因有多方面，比如管悦怀孕，再比如外出旅游。但这些应该都不是关键。文师母告诉我，年前9304厂有一次老同事聚会，锅炉车间的上海人几乎都到齐了。也包括"卯金刀"。当年文老师和文师母到安徽支内,分配在9304厂。那时文师母长相姣好,追求者颇多,其中就包括"卯金刀",据说两人还谈过一阵恋爱。文老师对此耿耿于怀,时常在话里带出"卯金刀"三字。很长一段时间里,我都以为"卯金刀"是"毛金刀"或是"茅金刀",后来才知道"卯金刀"是个称呼,其实就是一个姓"刘"的人。这人应该长得挺帅,似乎还会打篮球,从文老师酸溜溜的话锋里听出,他多半还是厂里的红人,许多女孩暗恋的对象。我问过文老师,为什么文师母后来不跟他谈了?文老师幸灾乐祸的口气:"男人光长得高长得帅有什么用,还要多读书,有内涵。"这话充分说明文师母是惜才之人,不找帅哥,而挑了相貌平平的文老师。否则"文师母"就成"刘师母"了。

聚会安排在五角场的一家普通饭店, AA制,每人交一百五十块钱。文老师和文师母都去了,回来时还拿了两双棉拖鞋，说是除去饭菜，剩下些钱，便给每人发一双棉拖鞋。文师母说那天她看到"卯金刀"，隔了三十年再见，几乎都认不出来了。"头全秃了，背也驼了，眼袋深得像两个米袋，脸上全是斑，他要是不说话，让我猜一百遍我也猜不出是他。"文师母告诉我，他离过一次婚，儿子跟着前妻，现在这个老婆是安徽人，和前夫有一个儿子，跟着他们过。据说生活得很不如意。退休后才从安徽回来，和九十来岁的老母亲挤在鸽子笼似的房子里。

我猜这也是文老师心情舒畅的原因之一。情敌的处境不如自己，无论如何值得窃喜。文师母说他当天晚上回来，酒都多喝了二两。为了讨文老师欢喜，我主动问他"卯金刀"如何如何。文老师显然不排斥这个话题，那天我们就此聊了许多，他向我说起在9304厂时的一些往事。那段岁月被文老师描述成一张张老照片，漾着微黄色的光晕，稍有些模糊,但却是别样的神韵。我觉得,那段岁月似乎与我想象中有所差别,并不完全是悲怆的——工余时间打牌,大怪路子,打到最后剩两个人,其中一人把牌一扔,对另外那人说,你手里还剩五张牌,我报给你听,别打了。竟是分毫不差。文老师便是这样会算牌,以至于后来他虽然很少打牌,但偶尔家里亲戚凑成一桌玩,他站在后面旁观,那神情便如大学教授看小学生一般;他们上山打麻雀,将那些可怜的小东西洗剥干净,油锅里一炸,便是难得的美味。那时他们俱是二十多岁的青年,胃口好,却又无甚可吃,除了打麻雀,他们还抓田鸡,河边摸蟹;每月看一到两场电影,苏联电影《钢铁是怎样炼成的》、南斯拉夫电影《桥》、朝鲜电影《卖花姑娘》……五分钱一张票,是当时算得上奢侈的一项娱乐。有女朋友的人成双结对去看,回来对着那几个光杆司令炫耀一番;谁家捎东西来,多半是吃的,便请大家一起。一次,有人家里捎来了两斤糯米，做成糯米饭，车间里有个"小宁波"，年纪最小，人生得精精瘦，胃口却是好得出奇，大家开他玩笑，说你不吃菜，光喝水，要能把这些糯米饭全吃下去，便算你捡个便宜，若是吃不下，你就要付钱。那时大家肚里都少油水，两斤糯米饭算是好东西了，"小宁波"想也不想便答应下来。结果二斤糯米饭是吃下去了，却也硬生生捱出了胃病。

文老师说"小宁波"现在是一家国营厂的副厂长，这次聚会便是他牵的头。说是 AA 制，其实只算了菜钱，酒水是他个人赞助的。每桌两扎橙汁、三瓶黄酒，还有一瓶剑南春。"小宁波"发福不少，整个人像气球那样鼓了起来，腰圆膀粗。一副不缺油水的模样。席间有人说起当年糯米饭的事。他并不以为忤，反而饶有兴味地就此聊开了。他说那时的糯米饭好吃，又糯又香，不像现在的东西，都没有味道。放到现在，别说二斤糯米饭，就是半斤也吃不下。有人问他是不是作弊了，他说不算作弊，只不过水里掺了些酒，酒过糯米饭，比水好。最后他还郑重其事地送了两袋有机糯米给当年糯米的主人，说那时候不懂事，占你便宜了，现在稍微作点补偿。"小宁波"有个女儿，与我同岁，嫁了个台湾人，外孙今年读预备班。他叫文老师"阿哥"，虔诚地希望"阿哥"有空能点拨一下他外孙的作文。当然，这里头有捧场和凑趣的成分。接着，他又请"卯金刀"能拨冗教小家伙打篮球。这就有些促狭了。"卯金刀"佝偻着身体缩在角落里，正埋头啃一个鸡爪子，听他这样说，手一抖，鸡爪子掉在碟子里。"小宁波"与"卯金刀"年轻时不怎么对路。那时，车间里分成文武两派，文的以文老师为首，饱读诗书文采出众，武的则以"卯金刀"为代表人物，体格健壮肌肉发达，精通各项体育运动。"小宁波"有一阵也喜欢打篮球，那时篮球队队长是"卯金刀"，很看不上小胳膊小腿的"小宁波"，"小宁波"想加入篮球队，他想也不想就拒绝了,还说"你别打篮球了,打乒乓算了"。意思就是说"小宁波"太矮。"小宁波"很是受挫,后来弃武从文,与文老师走得很近,那时车间里搞读书兴趣小组,"小宁波"跟着文老师到图书馆借名著,《安娜·卡列尼娜》《罪与罚》《复活》,看完还写读后感,文老师手把手地教他。有一篇《钢铁是怎样炼成的》的读书感还上了厂报。除了文学,文老师也和"小宁波"谈人生,谈理想,谈未来。"小宁波"对文老师既崇拜又服帖。文师母和"卯金刀"交往那阵,"小宁波"没少给文老师出主意,也没少在文师母面前触"卯金刀"的霉头,什么"四肢发达头脑简单","男人光会打球没用,要像阿哥(文老师)那样有内涵才行,找老公又不是找保镖"。据说"卯金刀"为这还找过他,扬言"小赤佬不要以为你个子小我就不敢打你"。

  文老师说"卯金刀"那天一直都没有说话,"小宁波"当众揶揄他,他也只是笑笑,不接口。他老婆身体据说不太好，一直吃药，离不了人服侍。"小宁波"席上还拿这开玩笑，说要不给他捐个款什么的。这就有些不厚道了。文老师说"小宁波"本来就嘴碎，当了官以后变本加厉。我听了，眼前立刻浮现出这样一副画面——年轻时的文老师与"小宁波"一起，都是一样的嘴不饶人。文老师说"卯金刀"倒不是"四肢发达头脑简单"，他牌打得很好，尤其还写得一手漂亮的毛笔字，颜体。逢年过节常被人请去写春联。有点文武双全的意思。

"是命，"文老师对我叹道，"活到我这把年纪就知道，人拼不过命的。老天爷让你走运，你再怎么样也能好，老天爷让你倒霉，你无论如何逃不开的。"

"不能迷信。"我笑笑。

文老师站起来，做了个扩胸运动，活动一下筋骨。随即长长地吐出一口气。浑身轻松。人往往是拿别人来照镜子的，9304厂的老同事除了"小宁波"这种极个别的，大多过得不怎么样，感慨归感慨，满足感还是有的。就像文老师时常说的，"我要是混日子，什么也不做，挨到退休回上海，往你们身上一躺，大家都难受。所以啊，人还是不能偷懒。"——满满当当的自豪感。

"就是，"我趁势对文老师说，"所以我们更要珍惜现在。想吃吃，想喝喝，想玩玩，对自己好一点，心胸放宽一些，多想些开心的事，不开心的事情就让它去，睁只眼闭只眼，马马虎虎算了。昨天电视看了没有，郎咸平说家庭存款在二十万以上的，只占全国的百分之十。你们早不止了吧，拉动内需就靠你们了。我建议你们明天就周游世界去。"我看见文师母偷偷朝我竖大拇指，示意这个话题转得好。

"等什么时候你有了小孩，顺顺利利生下来。我和你妈就周游世界去。"

"我要真有了小孩，你们哪还有时间。不如趁早，先玩了再说。"我朝文师母眨眼睛。

春节过后不久，老祝去新加坡出差。我闲来无事，便真的开始为二老的周游世界筹划起来。打铁要趁热，过了兴头就难了。文思远很赞成，但同时对我这样整天闲散在家又羡又恨。他问我，你们杂志社还招不招人？我摇头，我们不招理科生。他恨恨地说，我举报去，光拿钱不干活，天底下哪有这么便宜的事。我说，我们这种亏损的小杂志，干的少，拿的也少，有啥便宜的？他便又道，那我找老祝去，让他把小舅子也养起来算了，我好养活，每月给个三五千块零花钱就行。我呵呵笑道，行啊，等他回来，我跟他商量商量。

老祝打来电话时，我把我初定的路线图告诉他。因为是老人家，坐邮轮比较好，食住一条龙，省去了奔波，也休闲。地中海邮轮，一共是十天，途经法国、西班牙、意大利、突尼斯。邮轮上吃的玩的都有，兴致好就上岸逛逛，累了就在船舱睡觉。订个露台房,能直接看海景。贵是贵了少许,但性价比高。就是一点,邮轮上交流以英文为主,文老师会少许俄语,英文一窍不通。但也问题不大,邮轮上多半会有华裔,一般能应付过去。或者干脆替文老师报个英文班,再扔给他一本《英汉字典》,让他赶紧学起来,凭文老师的聪明才智,还怕搞不定?

老祝完全赞同,并建议可以把行程拉长,除去邮轮,再加一些陆地上的深度游。比如去瑞士滑雪,或是普罗旺斯薰衣草之旅。他说欧洲许多地方都有他的朋友,如果需要可以陪同,也有个照应。我自然说好。并对这次欧洲之行充满期待。讲给文老师听,照例又被泼一通冷水,"不要人来疯……刚去过日本,这么快又要出去?三年不开张,开张吃三年。白相也不带这么穷凶极恶的……"

我把电话夹在耳朵与脖子之间。文老师的声音嗡嗡带着回声,威风凛凛。拒绝别人的好意,从理论上占有先天的优势，不花别人的钱，不承别人的情，显得节约、自律。因此格外的理直气壮。我不急。去个小小的日本都是伤筋动骨，何况万里之外的欧洲？这注定是场持久战。我想也好，干脆再过两三个月，等欧洲气候暖和些再去。也不错。

我把这事暂时搁置下来。老祝从新加坡回来后，某个星期天，文老师让我们过去吃饭。相比以前，这次邀请显得正式许多，直接点了"老祝"的名——"你和祝兴华一起来，别买东西——"虽是淡淡的一句，却有着里程碑似的重大意义。老祝惶恐中带着三分疑感，"你爸不会是让你和我离婚吧？"我使劲点头，说有可能，"我爸这人讲不清的——"

一到家，便看见大门口贴着一副春联："万事如意，纳福迎祥；百业兴旺，瑞气盈门。"我一愣，家里从来没有贴春联的习惯。文师母向我解释，这春联是"卯金刀"写的。我又是一愣，"他什么时候来的？"文师母说就是昨天，"还带着他和前妻生的儿子。小家伙下半年大学毕业，读财会的，正在找工作。"

酒过三巡，文老师郑重地拜托老祝，能不能给"卯金刀"儿子介绍个好工作。他说"卯金刀"不知从哪里听说了老祝的事，专程地找上门来，说小家伙读的二本，成绩一般，人又内向，找工作很难，想请老同事帮帮忙。"人家说你女婿是成功人士，认识的人多，门路又广，无论如何要帮这个忙。我也不好推辞，你自己看吧，要是不太麻烦，就算给我个面子，做成这事。要真是不方便，也没关系，我再打电话跟他说。千万别为难。"

文老师还是头一次用这么委婉的口气对老祝说话。老祝受宠若惊，一口答应下来，说："爸爸的朋友就是我的朋友，这事包在我身上。等我消息。"文老师亲自给老祝倒了酒，说"谢谢"。老祝站起来接过，一饮而尽，"谢谢爸谢谢爸——"

我瞥过文老师的脸，看得出他心情不错。我能想象"卯金刀"昨天来时的情形,驼着背,赔着笑,小心翼翼地说话。可怜天下父母心,若不是儿子,恐怕他也不至跑这一趟。文老师也算是效率高的了,人家前一天交待,他隔天便把老祝给叫了来。帮情敌的忙,展现既往不咎的胸怀,显得大度、仗义。——总算是办成了。我到厨房帮文师母洗碗,她说文老师是真的想帮"卯金刀"这个忙,几十年没见的老同事,能帮肯定要帮,就是麻烦老祝了。我说不麻烦,举手之劳的事。文师母又说,你爸这下高兴了。——有时候人很无奈,从感情上说,文师母无论如何要比文老师更近一层,毕竟是相恋多年的旧情人,她必然更盼着"卯金刀"能如意。为了避嫌,又不得不时时刻刻把文老师挡在前面,"你爸想帮这个忙""你爸这下高兴了"——细想之下有些可笑,却又是人之常情。

老祝出差那几天,我把家里整理了一遍。从床底下里翻出一本旧相册,里面全是老祝与前妻的合照。相册放在抽屉最里层,却一点儿也没积灰——应该是经常翻看的缘故。前妻很漂亮,长相上我输她一截。我不知道老祝是为了什么与她离的婚,婚后他从未提起,我也没有问过。正如"卯金刀"之于文师母,前妻对于老祝来说,想必更是如此。他们自然有过一段美好的岁月,相恋、结婚、分手,每一段或许都有刻骨铭心的地方。何况,又是这么美丽的女子。我想来想去,找不出发作的理由。便把相册放回原位。

(四)

五月间,管悦顺利生下一个儿子。七斤六两,头太大,所以是剖腹产。长得一头浓密的黑发,眼睛骨碌碌,皮肤雪白。名字是文老师取的,叫"文康礼"。管悦在娘家坐的月子,文师母隔三岔五便过去,带上熬的鸡汤、骨汤。管悦奶水不足,小毛头是混合喂养,既吃母乳,也喂奶粉。长得比同龄孩子要大些,虎头虎脑很是可爱。

出了月子,管悦便带着孩子搬回来。我每次过去,还未开门,一股屎尿臭与奶香混合着的气味便扑鼻而来,每个人走路都是提着脚跟,额头上多出个眼睛,后脑勺再多生只耳朵,孩子即便只是轻微的动静,众人已齐齐地凑过去。家里有个孩子,气氛便完全不同,正常的生活节奏早已不复,所有一切都围着孩子展开。连文思远那样的粗胚,见我关门声音稍重些,也会捶胸顿足朝我白眼:"轻一点,把我儿子吵醒你负得了责吗?"

管悦抱着孩子坐在床上。眉眼比生产前清淡许多,不晒太阳,皮肤白了些,水肿还未全消,坐在那里像个发得极好的高庄馒头。她劝我生个孩子,说生孩子的好处多得十个手指都数不过来。"姐姐,你现在不生,将来肯定会后悔。"管悦原先与我并不如何亲密,关于"生孩子"的话题更是禁忌，怕惹我生气。现在做了妈妈，这番话应该是情不自禁。

我说，"好啊，要不就生个试试。"

我猜这句话传到文老师夫妇耳里，应该也是第二天的事，谁知晚饭时，文师母便再三问我，"是不是想通了？"我朝文思远看，意思是"嘴真快啊"。他有些讪讪的，咕哝着："好事呀，又不是见不得人——"文老师没有说话，但眼睛一直朝我这边瞟。显然很关心我的回答。

"顺其自然吧，有就生下来，没有也没办法。"我说。

文师母一拍桌子，兴奋道："肯定会有！你才几岁啊，三十五岁还不到呢，肯定会有。"

文老师问我是怎么突然改变主意的，"不是准备丁克一辈子嘛。"我说年纪上去了，想法也会变，看康礼那么好玩，忽然觉得有个孩子也不错。他又问，老祝没意见？我说，他有什么意见啊，是我生,又不用他生。文老师停了停,点头道,蛮好。

"卯金刀"儿子的事情,老祝办得很漂亮。上月已经拿到正式通知了,某大型国有银行,还不是下面的分理处,而是直接进了上海分行,工作地点在陆家嘴。效益很好,第一年含税就能拿十七八万。事后"卯金刀"又来过一次,拿了一个信封,让文老师转交给老祝,说求人办事总要开销的,一点小意思。文老师替老祝回绝了,说他肯定不会收,你再推来推去就难看了。话里还把老祝小小地抬举了一下,暗示这女婿不缺钱,并不是为了拿这点好处才帮的忙。"卯金刀"到底是过意不去,好说歹说又送了两箱海鲜礼盒过来,说他小舅子在水产市场上班,方便的。文老师为这事很是感谢了老祝几句,什么"辛苦啦""麻烦啦"——弄得老祝激动不已,一直问我,"你爸爸这是不是算正式承认我这个女婿了?"我啼笑皆非,"结婚证都打了几年了,国家和政府都承认了,他有什么不承认的?"

老祝说，"证书和感情是两码事，感情上不过关，那些死条文都是假的。"这话让我心里咯噔一下，没来由地想起那本相册。老祝和他前妻其实挺有夫妻相，这年头流行美女配老头。老祝看上去比实际年龄起码大十岁。事实上，除了长相，他某些方面也没达到实际年龄该有的水准。——也许他前妻就是受不了每月一到两次的性生活频率，才离的婚。我有些刻薄地想。

我曾想过在网上订购印度神油。当然最后是没有。我猜老祝这样，应该也不算什么毛病，谈不上心理或是生理的问题，据说现在这种情况很多，我很多闺密与她们老公一个月都不见得有一次，特别是生了孩子以后。所以没什么大不了的。我们关系一向很好。夫妻间不见得非要靠性爱才能维系。必须承认，老祝在绝大多数地方还是相当不错的。而我也不是那方面要求很多的女人，所以，他仅有的一点瑕疵基本也可忽略。

某天晚上,老祝忽然跟我聊起了他前妻。毫无征兆地,话题一转,就那么自然而然地绕了过去。"她好像要移民了——"我一愣,半晌才明白这个"她"是谁。老祝说她离婚后一直没有再找男人,事业上倒是节节高升,现在已经是金牌纪录片制作人,国内外都获了许多奖项。我静静听着,捕捉着他话里每一个信息,语气、内容、衍伸涵义——我猜老祝是真的有些不舍的,平常还能掩饰,现在见她要走,便再也抑制不住。而且多少有些乱方寸了,才会挑了我这个最不合适的听众。他们应该常联系,否则她移民的事,他又怎会知道。至少也是一直关注着。

老祝的嘴是画笔。只一会工夫,他前妻的轮廓便渐渐清晰了,跃然眼前。他们是中学同学兼邻居,有点青梅竹马的意思。也是彼此的初恋。前妻个性开朗,兴趣广泛,尤其喜欢登山,曾前后三次攀登珠峰,虽然都失败了,但她并不气馁,还在筹划第四次。除了登山,她还擅长弹琴。中学时便考出钢琴八级了。这让我想起刚结婚那阵,曾经在家里整理出几本琴谱,当时还觉得纳闷,家里又没人弹琴,哪来的琴谱。

关于离婚,老祝只说当时两人闹得很凶。他指着卧室大床正上方的位置,说那里原先有一个洞,后来填平了。"她拿着水果刀直冲过来,我一躲,刀就刺到墙上了。我要是反应慢一点点,这世界上就没我了。"我瞥过老祝的脸,说这么骇人的事,嘴角竟还带着一丝笑意。

文老师的观点是,不必深究。他说人是世界上最最复杂的东西,别说老祝只说了这么几句话,就算他把以前的事刻个盘做成VCR给你看,那也是片面的东西,说明不了什么。有时候人说话,对谁说,说什么,往往自己都控制不了。文老师退休后找了个夜校上课的活儿,赚些外快,也排遣时间。他说那些学生写的作文都看不下去,倒不是文笔差，而是意思混乱，前言不搭后语，完全不知道他们在写些什么，像外星人的语言。他把这归结为世道的原因，还有空气污染严重，PM2.5超标。环境一差，人脑子就不好使了。

我觉得有道理。看来空气污染真是严重到了一定程度，所以老祝才会大大咧咧地和我谈前妻的事，而我居然还把这些都告诉了文老师。彻底乱套了。但文老师话里的意思还是相当清楚的。就是老祝"脑子不好使"。文老师绕了那么大一个圈，把问题缩小到这么单纯的界面，其实是抱着息事宁人的态度。这让我觉得欣慰，说明文老师在转变风格。文师母则说是因为"卯金刀"那件事，吃人家的嘴软，老祝替他办了事，他便不好意思说老祝。——当然这是开玩笑。不管怎样，从文老师和文师母的态度可以看出，他们觉得这事不算大。应该说他们对老祝还是比较信任的。但换个角度，或者也可以这么看，这是我第一次在他们面前说老祝的不是,他们意识到了事态的严重性,所以比平日里更加谨慎,字斟句酌,生怕刺激到我。

我又挑了个嘴紧的闺蜜晶晶,轻描淡写地,把这事告诉她。她说没什么,男人对前妻念念不忘,从某种程度上也可以说是深情的一种。不是缺点。晶晶看我的眼神,分明写着"小题大做"四个字。她说你也不看看外面的世界成什么样了,到处都是重口味,你这种小情小调就不要拿出来现世了好吧?是发嗲呢还是炫耀?我被她一番抢白弄得莫名其妙。晶晶最后叹了口气,用一种比较暧昧的口吻说,文思清啊文思清——你还太嫩。

那几天,我花了些心思打扮自己,吊带蕾丝胸衣,洒上香水,头发吹三分干,半直半卷地搭在肩上。薄施脂粉,只稍稍画了眉,再涂些唇彩。自己目测一下,性感指数应该在四颗星以上。别的没什么,就怕老祝会觉得突兀,反而不好。便谎称衣服买了这么久没穿,想试试看身材变了没有。老祝说，没变，还是一样的婀娜。

结束后，我们躺在床上看电视。我盯着电视里晃动的人头，没来由地问了句"你前妻漂亮吗"？他回答，"还可以，八十分吧。"我想问，"那我呢？"到底是忍住了，否则就成十三点了。停了停，我用半开玩笑的口吻，问他："我和她，你更喜欢谁？"

他考虑了一会儿。这让我不太满意，但还是耐心等着他的回答。

"都喜欢。"我猜他会这么说。——谁知不是。他看着我，很认真地说："老婆，我更喜欢你。"

我笑笑。虽然这笑容的涵义分明是"你不老实"，但心里还是不可抑制地甜了一下。耳边响起雯雯那句"你还太嫩"，想，他自然是认为我会相信，才这么说的。就好像他假装不知道我为什么打扮得那么性感，而我呢，也假装不知道他在翻看日历，算我的安全期。我们好像都在努力把自己打造成一个乖巧的形象。无欲无求的那种，不贪心不嫉妒完全不懂得为自己打算。

我主动挑起前妻的话题，是想听老祝再聊聊她。却落了空。老祝只字不提。关灯后，我静静躺着，听见他的呼吸声，应该是没睡着。如果这时给他的脑子照个 X 光，多半能看到他前妻的影子。我当然不能给他做个脑外科手术，把大脑剖开，人拿掉，再缝合。西医太猛，副作用大，吃点中药倒可以。中药就是一天一套性感内衣，再加上妩媚的淡妆，说话甜中带糯。药效慢是慢些，但只要持之以恒，早晚会有结果的。

我陪文老师去医院看腰。医生给他配了些膏药，又开了个按摩的疗程。回去的路上，文老师应该是看到了熟人，先是"哟"的一声，随即让我把车停在路边。他盯着迎面走来的一对男女看了许久。我问，谁啊。他回答，"小宁波"。我便不再问了。两人手搀着手，状似亲密。而那女人三十来岁，打扮入时，比"小宁波"起码小了二十岁。自然不会是他妻子。

文老师说"小宁波"的妻子是当年厂里的宣传干事。很稳重能干的一个人，比"小宁波"还大了一岁。"小宁波"有一阵跟着文老师，很喜欢写写弄弄，厂报上发发豆腐干文章，车间里再出出黑板报，因此便有机会接触到她。算起来还是文老师牵的红线，否则凭"小宁波"的资历，到底是差了层档次。这女人出身知识分子家庭，气质修养都不错，就是长相逊色了些。"小宁波"当时还有些犹豫，文老师劝他，娶妻娶德，像你的性格，是该找个这样的老婆。"小宁波"才放手去追的。事实证明，文老师是对的。"小宁波"能有后面的发展，与他妻子从旁点拨是分不开的。年前的老同事聚会，"小宁波"只身前来，并未携眷。文老师说他那时便觉得奇怪，问他，他说妻子出去旅游了。——这自然是托辞。

回到家，与文师母说起这事。文师母义愤填膺，说男人有了些小钱，就容易变坏。文老师则一直沉默。文师母年轻时也是风风火火的个性，一个按捺不住，翻出通讯录便打了电话过去。和"小宁波"的妻子寒暄了半天，拐弯抹角地问她，"你家'小宁波'最近好吗？"文老师在旁边拼命使眼色，文师母总算把嘴边的话又咽了下去。完全变成闲聊了。两个女人絮絮叨叨，感叹时光如梭，还有生活的不易。那些琐碎的话题，放在文师母嘴里就成了一本厚厚的日记簿，又像是一幅峥嵘岁月的路径图，人情冷暖、运势高低，一笔一画都在那里。

"她说'小宁波'出差了。"挂掉电话，文师母气呼呼地道。

"'小宁波'这个人啊——"文老师停了停，"——还是太浮夸。"

"人品不好。"文师母一锤定音。

"别把问题上升到那么高的程度。男人嘛，现在这种情况多了。"

"你倒是看得穿。我真替小施不值。""小宁波"的妻子姓施。

"'卯金刀'是因为混得不好。要是让他和'小宁波'换一换,你以为他不会这样?"突如其来的,文老师把话题岔往另一个角度。

"好端端的,你提他干什么?"

"我只是举个例子。怎么,我不能提他?他是何方神圣,连提都不能提?"

我识相地去了文思远的房间。文康礼刚吃完奶,睡着了。管悦在厕所挤多余的奶水。文思远眼圈浮肿,显得很疲倦。他向我抱怨文康礼每天晚上要醒三到四次,每次他必须把孩子从小床抱到管悦手里,等喂完奶,再把孩子抱回小床,然后换尿布。"你可以想象好好的睡眠被切割成三四段的滋味吗?"我说可以想象,很辛苦。

"不止是辛苦,是崩溃!"文思远夸张地做着手势。

管悦从厕所出来，她应该听到了我们的谈话，"如果你觉得累，可以请保姆，"她对文思远说，"那种通宵的育儿嫂，一个月做26天，便宜的四千，贵的话七千八千都有，怎么样？"

"你什么意思？"文思远朝她看，"知道我没钱，故意挖苦我？"

"谁挖苦你了？我挖苦我自己老公，有什么开心的？我只是在说一个事实。你以为我不累，不想休息吗？我也想舒舒服服的，高兴起来就逗孩子玩玩，不高兴就把孩子交给别人带，可是行吗？我劝你，做不到的事情就别想，想多了只会让自己不舒服。"

"我早说让你爸妈帮着带一阵。你妈比我妈年纪还轻呢。"

"我妈有肾盂肾炎，不能累。"

"我爸腰椎还不好呢，照样抱孩子。"

"你爸一天才抱几次?加起来还不如他上厕所的时间长。"

"那你爸妈怎么不抱啊?现在外面都是外公外婆带孩子的多。"

"你们文家的孙子,凭什么要我们姓管的带?"

"那好,我们去一趟派出所,把孩子改姓'管',叫'管康礼'——这下总行了吧?我也不欺负你爸妈,双方父母各带两个礼拜,大家公平。不能光让一家受累。"

"怎么光让你家受累了?月子还在我娘家坐的呢,我妈整整一个月都没睡过囫囵觉。文思远,有些话我本来不想说,是你逼我说的——人家媳妇坐月子,婆婆要么照顾月子,要么出钱去月子会所,你爸妈呢,既不出钱又不出力,舒舒服服在家待着——"

我只好走。通常吵架的路径图都是这样,从一条主干岔出分支，逐渐蔓延开来，不一会儿便是密密麻麻，没完没了。不分男女老少，大多如此。经过客厅时，文老师和文师母还在为"卯金刀"纠缠不休。三十年的干醋，历久弥香。房间传来婴儿哭声，小毛头到底是被吵醒了。文思远又该崩溃了。我在犹豫是否该劝上两句，比如对文思远说"你再累，也累不过管悦，妈妈是最辛苦的"，又或者，劝文师母不必为人家的事操心，各家过日子冷暖自知，文老师不是"小宁波"，也不是"卯金刀"，要人品有人品，要运气有运气。

我提议给文老师贴膏药。他趴在床上，露出瘦削的背脊，用手比划着，"这里，左一点，往上，再右一点——"膏药四四方方地贴上他的腰眼。文老师说这是当年烧大炉时落下的毛病，"腰是顶顶吃不起苦的，一伤就完了，一辈子缠着你，稍不留神就出来找你算账，防不胜防。"

"讨债鬼。"我笑笑。

"没错,就是讨债鬼,欠了它的债,一生一世都跟着讨。"文老师嘴里咝着气,翻身坐起来。与此同时,管悦抱着孩子从房间里快步走出来,打开门便往外冲。文师母急地唤她,她理也不理。我拦不住,只得叫:"文思远,你怎么回事?"文思远在房里大吼:"随便她,让她去!"

家里很快安静下来。文师母坐在沙发上叹气。我进房劝文思远,被他赶出来。他说管悦走得好,走得呱呱叫,他正好趁此机会睡觉养精神。我说不公平啊,你吵完架可以呼呼睡大觉,她吵完架还要带孩子,你想着这点,就该让着她些。他沉默了一下,说文思清你少做老好人,我不用你来教训。我说我不是教训你,是为你好。他说,漂亮话人人都会,你哪天和老祝吵架,我来劝架,保证说的比你还好听。

走出来,文老师抱着腰,幽幽地说:"——这也是只讨债鬼。"

晚饭只有我们三个人吃。文老师拿出一瓶黄酒，问我，"喝点？"

我说好。文老师给我倒了半杯。印象里上次我们父女对酌，好像还是十年前文老师从安徽调回来，那晚我们喝光了一整瓶"小糊涂仙"，还有半箱啤酒。文老师应该是太开心的缘故，醉得比我早。他翻来覆去地向我说"对不起"。他说这下一家四口可以团圆了。他喋喋不休，诉说这些年他是如何扑心扑命地奔波，为家人，也为自己。他说离开上海的上海人，就像丢了魂灵的躯壳，跟行尸走肉差不多。他似乎一直在等我表态，至少也要说上两句。可我实在不知该说些什么。只是陪着他喝酒。文老师后来彻底醉了，一直傻笑，眼里却是泛着泪光。我那时的第一感觉便是，文科的男生真感性啊。当然以文老师的年纪，称"男生"已经不恰当了。换作老祝父亲那样的党政干部，最多喝醉了睡一觉。文老师却是通宵无眠。他叫我"清清"，好像从初中起,他便直呼我的全名。"清清"被他叫得温柔无比,像唤情人的名字。氛围倏然被营造得诗意盎然。具体说了什么,我也记不甚清了。一个全醉的老头,加一个半醉的女子,思路即便谈不上混乱,至少也是迷糊了。只记得话题像放风筝,放得很远,但照样收得回来。天快亮时,我冒出一句"文思远要是没读上海的大学,你们才不会回来呢"。这话多少有些煞风景。总的来说,我并不常吃文思远的醋,但关键时候却总喜欢把问题往这方面靠,似乎非要把文老师塑造成一个重男轻女的父亲。文老师那天赌咒发誓说他更疼我。我顺着他的话问,那为什么小时候一直把我扔在上海,又为什么把我过继给二舅?文老师皱着眉头思考了一会儿,因为酒醉的关系,把话说得像一首朦胧诗:

"生活往往是没有理由的,你越是深究,便越是难受。它欠了我们的,未必都能还清。"

文师母打通管悦的手机,那边说已经到娘家

了。文师母劝慰了几句,说今天晚了,明天一早就让文思远去接你和孩子。又说谁家夫妻不拌嘴,床头吵床尾合,睡一觉起来就好了。

文师母先去厨房洗碗了,我和文老师对着桌上剩的一碟咸肉干丝,继续喝酒。酒喝得不多,我基本只是碰碰嘴,文老师也只喝了小半杯。他说他近几年酒量变差了,喝一点便会头晕。

我说少喝点也好,酒不是什么好东西。

文老师忽然说起二舅。上周,二舅妈的哥哥患心脏病住院,我去探病,送了个一千块的红包。这事文师母知道,却瞒着文老师。不知哪里露的风声,文老师说我:"一千块少了些,凭你家的条件,要么不送,要么起码在两千块以上。"

我没吭声,拿起酒杯喝了一口,又夹了筷咸肉放进嘴里。我的沉默让文老师有些不爽。他直截了当地问我:"你舅妈的哥哥生病,你有必要去吗,还送红包?"

二舅妈是我养母,她哥哥从法律上算是我舅舅。这层意思明摆在那儿,于情于理都说得过去。文老师是有些明知故问了。可我不能把这话放上桌面,否则就是自找麻烦。

"都是亲戚嘛——"我轻描淡写。

"你大伯,还有你姑姑,身体都不好,也没见你去看过他们,逢年过节也没个红包什么的。他们不是你亲戚?"文老师问我。

沉默了片刻,我缓缓地道:"——生活往往是没有理由的,你越是深究,便越是难受。"

气氛有些诡异了。天晓得我怎么会拿文老师的名句去封他的嘴。而且说出口的那霎间,我竟然感到一阵难以言喻的快意。已经好久没试过钉头碰铁头了。我自己都觉得奇怪,做了那么长时间的乖女儿,怎么会突然间没忍住,就那样直直地把话扔过去。

我把剩下的酒一饮而尽,做好文老师大发雷霆的准备。谁知等了半晌，文老师并没发作，他握着酒杯，手指在玻璃上发出"叮叮"的声音。他很平静地朝我看："文思清，你不能急躁——越是这个时候，你越是要稳住。"

我一阵没头没脑。文老师说下去："我知道你最近心很乱。我劝你，这个时候要孩子，不见得是明智之举。关系到一辈子的事情，不能冲动。你是个聪明人，不用我多说。"

我愣在那里。脑子里第一个念头就是，到底被看穿了。——要孩子，是为了拴牢老祝。这阵子故作轻松，原来只是自欺欺人。文老师一句话便戳到了我的要害。我忽然明白了，为什么过去几年能保持又"孝"又"顺"，而今天却不能。因为老祝是我的底牌，亏了他，我这些年过得幸福而滋润。人的心情与处境相通。当我有种强烈的预感，老祝极可能会离我而去时，这块底牌便不稳了，我也不再拥有平和的心境。

我还来不及分辨文老师这话是真心为我好还是存心刺激我,他已把我喝空的酒杯倒满,递给我:"别想太多。等你活到我这个年纪,就知道,什么都是假的,健康最重要。"

那一瞬我有些迷糊。潜意识告诉我,文老师其实还是占了上风。他能这么平心静气地说话,说明他心情不错。我的劣势也许给了他别样的满足感。老公是你自己挑的,谁让你当初不听父母的话。中专毕业后我一直与文老师处于或明或暗的对立局面,这点我们心知肚明。文老师当然不希望我吃苦,但当我在某处碰壁,像迷途小鸟那样不知所措时,他居高临下地给予指点,展示父亲睿智慈祥的一面——这应该也是他乐于见到的。

我突然觉得很累,不想说话。如果我愿意,我可以说一些很有杀伤力的话。比如"小宁波"的妻子。我断定她必然与文老师有过一段,多半是暗恋。文老师的气质,很能吸引那些文艺女青年。我的敏感是天生的，细致入微。文老师几句话一说，眼神、语气、反应、停顿……很明显了。把暗恋自己的人介绍给好朋友，逻辑上感情上都说得通。这谈不上错，但被人剥皮拆骨看个透彻，无疑是件没劲的事。如果我兴头上来，我还可以把文老师的一贯为人总结给他自己听：刻薄、无趣、量小、毫不豁达。这几个词在我心里闷了很久，想象过无数次，一股脑儿扔给文老师时，他会是什么表情。——当他尴尬，或是无话可说时，常把责任归结到之前的境遇上，上山下乡十年大炉，吃过苦受过罪，好像由此便拿到了肆无忌惮的通行证，可以随心所欲让人不痛快。我会对他说，你没有这个权利，你之所以能那么嚣张，是因为别人不屑跟你一般见识，并不是怕了你，更不是服帖你。

我脑子里这样胡思乱想时，文老师一旁看着我。他说："晚了，回家吧。"

老祝的车就在楼下。文老师给他打了电话，让他来接我。说我喝了点小酒。回去的路上,老祝说他这星期天会去趟机场,送人。说这话时,他朝我看了一眼。小心翼翼地。我朝向窗外,看霓虹闪烁的街景。看久了,眼前仿佛水彩晕染的光环,一圈又一圈,影影绰绰。我说:

"好啊,随便你。"

(五)

老祝到底是走了。像韩剧里的情节,机场送别,真情流露,然后把自己也送上了飞机。接下来的事情,没有太多波折。我很爽快就答应了离婚,没有动刀子,也没有在墙上留下一个洞。老祝把房子和车留给我,还有一笔可观的存款。我没有拒绝。他整理东西的时候,我静静在旁边看着。他说我是个好女人,走到这步全是他的错。

家里有两辆车,没必要。我把那辆挂外地牌的奥迪 A4 送给文思远。他应该是想开个玩笑调节一下气氛，"和平分手啊，连个劝架的机会都不给我。"

当着文老师的面，我没说什么。其实情况并非完全如此。老祝临上飞机前一天，我们一起吃了最后的晚餐。我是文老师的女儿，天赋加上耳濡目染，我知道怎么说话最让人难受。当然不会说脏话，也不是泼妇骂街。那些太没有技术含量了。我说我很爱他，这些年托他的福，一直过得很开心。每个人都有追求幸福的权利，无可厚非。我劝他有空去看医生，虽然大气环境在变差，还有食品质量令人实在不能放心，但我们还是要客观一点，从自身找原因，毕竟一个月一次对夫妻来说真的是太少了，全世界又不是只有你一个男人，对吧？ED 也好，性冷淡也罢，就算是前列腺有毛病也没关系，该吃药吃药，该打针打针，没什么好怕的，不能讳疾忌医。

我一边说,一边看着他的眼睛。

我听见他不紧不慢的声音:"有件事你必须知道——我和她一起,一晚上可以好几次,一次比一次来劲。我自己都奇怪了。她劝过我,说我已经不是小年轻了,这样伤身体的。文思清你说这是怎么回事?我猜可能还是对象的问题,是不是?"

我僵在那里。——即便是想象,这样的场面还是让我不寒而栗。原来在我的潜意识里,老祝说话也是这么招招见血。又好像,这些话在我脑子里早已存在,平常不去想它,现在借"老祝"的口,自己说给自己听。——老祝什么也没说,只是点了点头:"好,我知道了。"

我并不罢休,告诉老祝,我的那些闺蜜早就不看好我们,当初在我们交往的时候,就有人给我介绍男友,条件比他还要好,但被我拒绝了。我说我是个对感情很认真的人,不会吃着碗里的看着锅里的。老祝听了沉默了一下,劝我可能的话,快点再找一个伴。

"是的——这周六有一次聚会,据说她们会带个海归的医学博士过来。这些人成天吃饱饭没事干,就喜欢拉皮条。"我说完吐了吐舌头,为"拉皮条"三个字。有些粗俗了。但他应该看得出,我心情不坏。

我说:"房子都是现成的,真要碰到合适的,应该也快。这么多年没谈恋爱了,还真有些向往。女人嘛,你懂的。我这几天在密集健身,还有做脸。临阵磨枪不亮也光。你别笑话我。"

老祝笑笑:"不会,挺好的。"

那一晚,我随身带了副中药——新买的镂空真丝低胸内衣,性感指数五颗星,密集锻炼后的身材,肌肉紧实了许多,天天一张面膜的脸,水润细腻。——药下得有些猛了。我做好两手准备,如果他吃不下,我就怀着看笑话的心情,好言安慰,继续劝他看医生;如果他吃了,关键时候我会推开他，然后默默地流泪，让他怀着复杂难言的心情度过我们的最后一夜。

我自然不能把这些告诉文老师。否则等于送上门被他奚落。我必须承认，文老师身上的那些毛病，我或多或少都有一点。如果非要来个总结，文老师会告诉我，因为你没有上山下乡，没有烧过大炉，除了中考那阵稍有些波折，你基本没受过什么大罪，比较顺当，所以你可以把那些东西掩盖起来，居高临下摆出一副高贵大方的样子。——要命的是，如果文老师真的这么说，我完全无法应答。我好像就是这样的人。我由衷地想让老祝不痛快，想让他后悔离开我，希望他和前妻不长久。

文师母让我搬回娘家住一阵。我说没必要，一个人住很惬意。文老师几次想找我谈，都被我找借口回避了。我是真的想一个人静静。文思远提议全家人去近郊玩一趟，他拿到那辆奥迪A4后还没什么机会试车。我答应了。那天是文思远开车，他在路上跟我说,管悦的表哥有个大学同学,是公务员,四十来岁,没结过婚。问我有没有兴趣。我说没兴趣。文师母劝我考虑一下,说现在男少女多,不要错过机会。文老师在旁边不以为然,说文思清正好可以趁这个机会多读读书,或者到国外进修一下,给自己充充电。我觉得有些滑稽,文老师总能适时地提出一些与众不同的观点,比如,让刚离婚的三十好几的女儿出国读书。我顺着他,说好啊,那就去美国,怎么样?文老师还没说话,管悦已经兴奋起来,说,阿姐好的呀,去美国别忘了给我带Coach的包包和Levi's的牛仔裤,还有倩碧的三件套。

那晚我们很时髦地搭了个帐篷,全身涂满蚊不叮,对着月光野外烧烤,鸡翅膀、香肠、牛肉串……淋上蜂蜜和烤肉酱,喝着啤酒,感觉不错。不远处是一片田野,隐隐听见蛙声。文老师居然说想去捉田鸡。文思远说田鸡是益虫,犯法的。文老师说，捉上来就放掉，玩玩而已。

  他拿着手电筒，走到田边。真有不少田鸡，只是他的身手已不像当年那样敏捷，基本都扑空，而且动作笨拙，引得我们一阵笑。文师母说他，快回来吧，别掉进沟里。他有些讪讪地走回来，说年纪大了，放在三十年前，这些田鸡一个都跑不掉。文思远问他，那个时候抓到田鸡怎么烧法？文老师回答，洗剥干净油里一炸。文思远便摇头，说那样没吃头，田鸡就应该吃辣的，和辣椒、花椒一起炖得酥酥的，又香又入味。他说改天请大家去吃"稻香蛙"，一人来个两斤，吃个过瘾。

  结束后我们回到宾馆，因为我落单，所以就在父母房间加了个床。这次出游是文思远买单，替他省钱，便不好意思再开一间房。文老师让我和文师母睡大床，他睡加床。我死活不肯，说不能亏待老人家。拿了被子倒头便睡。半夜里溜起来，披上衣服，轻声轻脚地走到阳台。风拂过脸庞，空气潮湿而厚重，带着微微的草木清香。我习惯性地拿出手机，翻了几番。听见背后文老师的声音："睡不着啊？"

我转过身，点头，"我认床，陌生地方睡不惯。"

应该说，深更半夜和文老师一起凭栏远眺，这样的情景有些奇怪。我们像两个老朋友那样站着，各人手拿一杯刚泡好的绿茶，倚着栏杆，一动不动地望着远处，断断续续地聊天。

文老师说这样一家人出来郊游感觉不错，"同样是吃饭，这样吃起来好像特别香，同样是睡觉，这样睡好像就特别有意思，"他停了停，"——像过家家的感觉。"

"下次我们可以去更远的地方，比如海南岛。"

"那倒不用，出来玩就是散个心，到哪儿都一样。没必要花冤枉钱。"

"那下次去我家。地方大，院子里面可以烧烤。宾馆钱都省了。"

文老师嗯了一声,"可以考虑。"

我猜话题很快会转到我头上。果然,文老师先是给我戴了顶高帽,说我这事处理得不错,不像别的女人,一哭二闹三上吊,那样就被男人看轻了。"人生总有不顺的时候,我自己在这方面不算特别豁达,希望你能做得比我好。"

我沉默了一下,忽地问他:"在你看来,我这个女儿可以打几分?"

文老师怔了怔,回答道:"八十分吧。"

我笑笑。猜想这里头加了不少安慰分。说实话,我是有些感动的,文老师那样的个性,昨晚居然歪歪扭扭抓了半天田鸡,完全不顾形象。他以为我不知道这次出游其实是他的主意。我答应出来,是为了让他放心。就我本意而言,我宁可待在家里。但有时候做人往往不能随心所欲,而要给别人机会来为你做点事。文老师抓田鸡的时候,我笑得像个傻瓜。那种感觉有些奇怪,像做戏,但又不完全如此。是假的，但如果一直下去，又成了真的。

文老师忽然说起"卯金刀"，他说他其实挺佩服"卯金刀"。第一任妻子家里出身不好，"文化大革命"里吃了不少苦，多少也连累到了他。恢复高考后，妻子要读书，将孩子扔给他。他又当爹又当妈，把孩子拉扯大。结果妻子处境好了，就把他给甩了，孩子也判给妈妈。他一无所有。现任妻子结婚不久，便患了尿毒症，全靠他里里外外地操持。他也没什么怨言，那就样苦苦撑着。"换作是我，老早整个人废掉了。"文老师道。

"心理素质不过关。"我道。

"不光是心理素质，其实是比较没用。我这个人，"文老师停了停，似在考虑措辞，"——比较适合在台上讲课，我讲得过瘾，下面也听得开心，但一下课，我跟那些学生就没什么话说，完全成两个世界的了。我不拿手的事，或者说是我无法控制的事，我就一点办法也没有，也害怕去面对。——你千万别像我。"

我嗯了一声。心里有什么东西触动了一下。文老师安慰人的水平远不及他揶揄人,以至于要通过贬低自己才能达成。我让他不要太谦虚,"不是人人都能在烧了十年大炉后还矢志不渝,只复习两个月就考上大学的。爸你是怎么熬过来的?十年啊,又不是十天、十个月。"

"前两年难熬些,后面也就快了。"

"就像买的新车,头两次擦了特别心疼,后面再擦就麻木了,没感觉了。"

"没错,就是这样。"

返程的路上,文老师有些晕车,坐副驾驶位。我坐在后排,看见他头顶一圈圈的白发,忽然有种冲动,想凑近了捋一把。写《父亲的少白头》那时,其实文老师的白发还不多,远远看去,只觉得头发不很黑而已。现在完全不同了。真正是白多黑少,像文师母常做的,豆浆里混上黑芝麻。一会儿，文老师大概是睡着了，靠着一动不动。旁边，文师母和管悦也睡着了。我怕文思远打瞌睡，便陪着他说话。前阵子文思远找过我，说想问我借钱，把房贷先还了。但我离婚后，他便不提这茬了。我告诉他，借钱的事情没问题。他说，你现在一个人了，怎么好意思再跟你开口？我暴发户似的口气：你姐姐现在什么都缺，就是不缺钱，钱放在银行里也贬值，还不如拿出来接济自己人。

我看见文老师身体微微一动，猜测他并没睡着。我这么说，他听了应该放心许多。其实他还是高估我了。——那天我给老祝吃中药，老祝真的吃了。准备推开他的那一瞬，我手举在半空，又放下，反而紧紧地拥住他。那副中药让老祝着实滋补了一下。这事要是讲给文老师听，不晓得他会不会说我没出息。那是我们夫妻生活里可圈可点的一次。很久没那么酣畅淋漓了。第二天我起床时，他已经离开了。事情偏离了原先设计的轨道，像老式文艺片的结尾,有些怅然,有些玩味。还不及想下一步该怎么走,帷幕就那样拉上了。——这事给我处理得不伦不类。往俗里说,是赔了夫人又折兵。

老祝到法国后,给我发了一条短信:平安,勿念。我斟酌了半天,写了"保重"两字回过去。都简短得像发电报。他始终没说会否与前妻复婚,好像也没有移民的打算。他说他什么也不想,就想在那边陪着她。像个刚恋爱的毛头小子。莽撞、青涩。

我曾考虑把房子重新装修一遍,或是卖了再买一套。刚离婚时的意气想法,很快便被自己否定了。太折腾,也不实惠。我只是把房间彻底整理了一遍,丢掉些东西,再添一些。除了两个人变成一个人,基本没什么差别。加上老祝本来也常出差,所以适应起来更是不难。

当然也不是没有特别的事情——月底时,例假迟迟未来。我心提到嗓子眼。不会这么巧吧。到店里买了当归,放红糖与生姜一起煮,结果第二天就来了。只是月经不调。——生活没那么多巧合。都是一步步走,不可能跳着来,也不可能反着来。这边投了多少进去,那边就出来多少。鲜有意外发生,也别指望惊喜。——当然是和平年代。文老师听到这话该捶胸顿足了。他老人家的人生充满了意外和变数。对我来说,老祝的事是个意外,但其实也是一步步过来的,倘若不是现在这样,那倒是惊喜了。文老师总说我比较顺,但估计也没顺到那个分上。

闲暇时,继续设计文老师的环游世界之旅。我建议放在夏天,上海太热,找个凉快的地方避暑去。文老师依然让我不要"人来疯",说我要是钱多得用不掉,就给他现金,他拿去炒股票。赢了他吃进,输了算我的。

夏天还没到,文老师接到通知,说"小宁波"没了,是癌症。文老师的第一反应,便是问,什么癌？电话那头说是"肝癌"。文老师才舒了口气。倘若说是"胃癌",文老师只怕要后悔当年那样让"小宁波"吃糯米饭了。葬礼上,"小宁波"的妻子拉住文老师哭了许久。文老师红着眼圈劝解她。9304厂来了一些人。"卯金刀"也在。都感叹上次见"小宁波",还是生龙活虎的一个人,怎么走得那么快。据说"小宁波"这病已经有好几年了,他本人也知道,早早晚晚的事,有心理准备。文老师做的悼词。悼词写得朴素而理性,并没有因为人死了就把他说成一个十全十美的人。文老师用他惯常的剖析人性的方法,漫画似的,道出了"小宁波"一生的扼要。一个天资普通带点小聪明的人,即便在那些灰色的日子里,也能捕捉到生活的乐趣,不颓废,有上进心,有点圆滑,也有点俗气。最后,文老师把他评价为一个"率性而有节制的人"。文老师的声音低沉,语速缓慢。"小宁波"不是锅炉车间第一个去世的人,上次聚会印刷的通讯录里,便有一些人的名字被加上了黑框,有的还很年轻。其中患癌的占了多数。——世上有太多人们无能为力的事,生死便是头一桩。

那天晚上,文老师喝醉了,是"卯金刀"送他回来的。说他其实并没喝多少酒,怎么就醉成这样。文师母说,年纪上去了,便是这样不中用。之后的一段时间里,文老师始终处于沉默寡言的状态。连文思远和管悦扔下小毛头不管,自己去唱K吃火锅,他都没什么反应。文老师后来跟我说,就在"小宁波"去世的前两周,他去找过他,说了遇见他与别的女人的事。文老师说他那天狠狠训了"小宁波"一顿。"小宁波"很老实,服服帖帖,说:"阿哥你这样,让我想起了当年在9304厂的时候,我像小尾巴一样跟着你,你怎么说我怎么做。我老早说过——听阿哥的话,总归没错的。"文老师说他一听这话就心软了,再也骂不下去了。

文老师说他要早知道"小宁波"患病,肯定不会这样跑去骂他。

那是我第一次看见文老师流泪。一个头发花白的老人缩在角落里，静静地流泪。他翻来覆去地回忆与"小宁波"的过去，然后不知不觉睡着了。我把文思远叫过来，再加上文师母，七手八脚地将他抬到床上。文师母没头没脑地说了句，"我们这批人都老了——他这样，将来还有的好哭呢。"我和文思远都沉默着。

那晚我回到家，已是十点多了。走到楼下，旁边人影一晃。我没来由地心跳了跳，不知怎的，竟有种强烈的预感。——那人渐渐走近了，月光拂过他的脸，原来是楼下的邻居。我抑制住失望，与他点头示意："你好。"

与此同时，手机响了。我打开，是一条短信：

"我下周回国。"

没有落款。号码显示为一串乱码，应该是国外的手机。

初夏的月亮,稳稳地挂在树梢上,光线柔和而温暖。空气弥漫着某种不知名的植物的清香,撩起人心头最柔软的那块,轻轻搓揉着。

——那晚我实际是睡在父母家的沙发上。睡得不深。尽管是梦境,醒来后依然觉得心头痒痒,仿佛被什么击中。朝窗外看,不知什么时候已下起雨来,淅淅沥沥,从屋檐上落下的雨滴,笃、笃、笃,一下又一下,似是落在人心里,溅起一圈圈的涟漪来。

——原刊于《十月》 2013年7月

> **图书在版编目（CIP）数据**
>
> 百年好合/滕肖澜著.-上海：上海文艺出版社.2021
> ISBN 978-7-5321-7553-6
> Ⅰ.①百… Ⅱ.①滕… Ⅲ.①短篇小说-小说集-中国-当代
> Ⅳ.①I247.7
> 中国版本图书馆CIP数据核字(2020)第041960号

该书2020年度获得上海文化发展基金项目扶持

发 行 人：毕　胜
策　　划：李伟长
责任编辑：江　晔
封面设计：钱　祯
封面插画：施晓颉×公号：痴吃喵

书　　名：百年好合
作　　者：滕肖澜
出　　版：上海世纪出版集团　　上海文艺出版社
地　　址：上海市绍兴路7号　200020
发　　行：上海文艺出版社发行中心
　　　　　上海市绍兴路50号　200020　www.ewen.co
印　　刷：杭州锦鸿数码印刷有限公司
开　　本：787×1092　1/32
印　　张：6.5
插　　页：5
字　　数：100,000
印　　次：2021年1月第1版　2021年1月第1次印刷
I S B N：978-7-5321-7553-6/I.6011
定　　价：46.00元
告 读 者：如发现本书有质量问题请与印刷厂质量科联系　T:0571-88855633